Mémoires de maisons blanches

Du même auteur

L'Unique Goutte de sang, Plon, 2021

Arnaud Rozan

Mémoires de maisons blanches

roman

PLON
www.plon.fr

Illustrations
– page 54 : Martin Luther King agressé, Chicago, mars 1966 © Bettmann/ Getty Images
– page 160 : Andrew Ellicott, révisé de Pierre (Peter) Charles L'Enfant, *Plan de la ville de Washington*, mars 1792, gravure sur papier © Library of Congress

92, avenue de France
75013 Paris
Tél. : 01 44 16 09 00
Fax : 01 44 16 09 01
www.plon.fr
www.lisez.com

Dépôt légal : janvier 2023
ISBN : 978-2-259-31228-8
Mise en pages : Nord Compo (Villeneuve d'Ascq)

À un moment donné

Adorable sorcière, aimes-tu les damnés ?
Dis, connais-tu l'irrémissible ?
Connais-tu le Remords, aux traits empoisonnés,
À qui notre cœur sert de cible ?
Adorable sorcière, aimes-tu les damnés ?

Charles Baudelaire, « L'Irréparable »,
Les Fleurs du mal

La vieille femme aux yeux d'ambre a attendu que souffle le vent.

« Approche, que je te conte les aventures d'une reine. »

Elle est venue, ses mots ont dû l'atteindre.

« Investitura »

Celui qui reçoit la chose s'en revêt

Dans les palais enchantés, souvent des lézardes sillonnent entre les pierres, et, par surprise, s'ouvrent à la lumière. Un mort s'y logerait. Un courant d'air souffle alors sous le stuc, la pluie entre, les fissures se poudrent de débris épars, ceux des saisons, ceux de l'âge, ceux qu'aucune main n'enlèvera, car ils sont à ces murs ce qu'est une tache sur la peau. On n'arrache pas la peau des vieilles personnes, et encore moins lorsqu'elles sont de sang royal. La brèche s'entretient, se creuse et court jusqu'aux fins fonds. N'y surtout pas toucher ! Tout céderait. Tout s'effondrerait.

L'œil ne s'avise plus de ces disgrâces qui sommeillent, invisibles à force d'être ignorées. Les princes passent et s'en revêtent à leur tour. Le temps ne les effacera pas, bien au contraire : il les comble, les épanouit, laissant croître une mousse humide et vert-de-gris, une herbe grêle non désirée, une racine coincée entre deux moellons, grasse et noire, tout un fouillis de nature, poussant rarement dans les angles droits, à l'écart des allées proprement sablées, hors des lisses colonnes de marbre et des statues rayonnant de blancheur. Ces plis fermentent dans le sein de la gloire, à la faveur de l'ombre, sans que quiconque en fasse cas, sauf si, par la grâce d'une graine semée par le hasard, un mystère les colore d'une touffe de framboisier, d'un pissenlit, d'une étrangeté.

À l'heure de son investiture, bien qu'il n'eût pas lieu d'être ébloui par sa nouvelle demeure, tant il l'arpentait depuis des années, Joe la contempla longuement, comme un artiste se penche sur son œuvre. Dans l'étendue des croisées et la cime des toits, il vit l'immensité du ciel : il en recevait les clés, et la grandeur ; l'espace d'un moment, son orgueil le fit pénétrer à l'intérieur d'une sphère accessible aux seuls demi-dieux, là où s'entend l'écho de la toute-puissance qui enivre ; ne manquait qu'une coupe d'or ou d'albâtre ou de quelque matière de fée, distillant une liqueur au goût d'éternité.

Dès la pointe de l'aube, dans la brume et le silence, une marée de soldats n'avait-elle pas déferlé aux abords de la Maison Blanche, vingt-cinq mille hommes au souffle rauque pour tuer dans l'œuf ce qui pouvait menacer les jours d'un seul, lui ? Se pouvait-il que sa vie eût désormais tant de valeur qu'il en devînt immortel ?

Comme au temps des parades royales, ces hérauts d'armes étaient prêts à brandir leurs piques au passage de l'inviolable limousine où l'Élu avait pris place pour être conduit au sacre. Pennsylvania Avenue était cadenassée par des murs d'acier, les chiens renifleurs avaient inspecté chaque fosse d'immeubles et les noirs souterrains, ne négligeant ni brèches ni replis dans les chaussées. Jonchées de barbelés, les rues s'étaient vidées de toute présence humaine, autre que les sentinelles, fusil au pied, parées à coucher le danger en joue. Un quadrille de six hommes marchait en avant de « La Bête* ». Les faux-bourdons vibraient, culminant on ne sait à quelle hauteur. Les oiseaux se cachaient. La terre tremblait.

Puis le cortège s'immobilisa à ce croisement où les racines d'un peuplier aux marques brunes affleurent à trois soupirs du Willard Hotel**, plongé dans le silence en ce jour d'investiture, loin des paroles du Pasteur et de sa pierre d'espérance. Le rêve ne s'était pas encore levé sur les collines rousses de Géorgie.

C'est précisément sous ces fenêtres que le regard de Joe se fit lourd. Sa joie se voila, une pensée le rappelait à sa douleur, la tombe, son fils mort, Beau, emporté six années plus tôt. Et dans cette pensée revenait la promesse d'entrer à la Maison Blanche, une promesse tenue à présent, l'ambition de chaque jour, une aspiration au-delà du possible. Était-ce une soif excessive, dévorante ? Vivant à cette altitude, il est des minutes qui lui seraient désormais comptées, comme s'abandonner aux douces rêveries sous un couvert de tilleuls, connaître des jours exempts de revers, des journées simples se répétant au bord d'un frais ruisseau, à ne se soucier l'hiver que de la vigne aux pampres gelés.

Dans cette Maison Blanche, il goûterait bien peu à la paix de l'âme, cette vie-là s'éteignait à mesure qu'il approchait du sommet. Il avait atteint une position où le sang ne se peut ralentir.

---

* Surnom de Cadillac One, limousine du président des États-Unis.

** Martin Luther King y écrivit son discours « I have a dream ».

Des images confuses se réveillèrent. Une ombre coula le long du peuplier noir défait par le vent de l'automne. Elle mourut dans une lumière rasante et céda le pas à une vagabonde grelottante, invisible à tous, parce qu'elle était d'une couleur que personne ne verrait, à part Joe. Elle s'approcha. En proie au froid ardent, ses mains sèches de vieillesse tremblaient. Elles s'ouvrirent et tendirent un récipient en écorce qui ressemblait à une coupe en forme de crâne, une sorte d'os, de vestige. Ce n'était qu'une calebasse rompue en deux. Le fond de ce pauvre reste de tubercule fit apparaître un crabe bleu, comme une révélation du cancer de son fils, son chagrin.

La voix de la vieille femme monta, plus douce que ses lèvres écorchées. Elle chanta, se jouant de l'épais blindage de Cadillac One pour être entendue de Joe.

Il y a ma vie dans mes sacs,
Et le temps à filer,
Je marcherai sur le ciel,
Et me poserai sur ta couronne,
Prends garde…

Elle était descendue en escalier par les branches pendantes de l'arbre. Dans le fourbi de ces poches, quelque chose attendait de s'éveiller. Elle s'appelait Anansi. Comme Joe, elle ne s'appartenait plus. Elle se prenait pour une araignée, posant ses fils depuis ce jour où elle s'était fixé un dessein, et dans ce dessein figurait Joe.

Il serait du dénouement. Avant que ces yeux d'ambre ne se closent.

Joe cessa de s'empêcher. Il pleura sur ses jours.

Puis il se contint, car cela eût été inconcevable de la part du nouveau roi.

Que vive le roi ? Pas tant qu'Anansi n'eût dit son dernier mot.

1

Ghana

De Fort Prinzenstein au lac Volta
2020

Banksy,
Slave Labour

Annan ne peut se douter qu'un de ses tilapias se retrouvera d'ici peu dans l'assiette de Joe, à des milliers de kilomètres de Fort Prinzenstein, le temps du vol d'un avion-cargo.

Quand des crabes bleus se retrouvent piégés dans ses filets, il les rend à la mer.

Auparavant, Annan les tuait et les jetait aux oiseaux épiant le rivage. Leurs quatre paires de pattes lui faisaient horreur, comme ces araignées de craie jaillissant de l'ombre. Ces fleurs blanches hideuses poussant des murs, il fallait qu'elles meurent. Et éventrer les toiles où elles dissimulaient leurs yeux.

Jusqu'au jour où il comprit que ces créatures ne zigzaguaient pas au hasard.

Les araignées, comme les crabes bleus, il les laisse désormais aller et vivre, il observe leur danse : elles se ruent dans une direction, s'immobilisent dans un songe, puis repartent en hâte. À la fin de leur course, elles se fixent dans un coin du plafond, leur abdomen pond des fils, un premier A se noue, un deuxième, puis d'autres viennent.

Une toile se lève.

À l'école aussi, des nids d'araignées flottaient aux quatre coins de la salle. L'un tenait par deux fils et s'enroulait comme une vague sur l'angle inatteignable de deux pans de murs. Leurs occupantes s'exilaient le jour derrière un planisphère tendu à la droite du tableau noir. Leur trace se devinait à la traîne feutrant les montants de la carte du monde. Elles patientaient là et se repliaient sur trois points distincts formant triangle, qui au verso de l'océan, qui sous la rouge Virginie, qui se nichant dans un creux de la candide Europe.

À dix ans, Annan, enfant esclave, ne sait ni lire ni écrire, sauf son nom, par la grâce de deux lettres.

Il les a apprises lors d'une unique journée d'école, dans une salle aux murs d'un plâtre frais à la blancheur aveuglante.

Toute la classe avait commencé par réciter une prière : « Avant d'accueillir le souffle pur de la connaissance », s'était exclamé le maître. Des premiers mots pour « Notre Père qui es aux cieux », à dire absolument au seuil de chaque jour, « ici et ailleurs », avait-il répété. Notre Père ? Les cieux ? s'était demandé Annan. De père, il n'en connaissait qu'un, et la mer s'en retournant toujours au vide de l'horizon. À la fin de la prière, une dernière parole, comme expirée, vibra plus que toutes les autres. « Annan, Annan, Annan… » était revenu en écho dans la bouche de tous.

« Maintenant, tu dois dire *Amen*, lui avait expliqué le maître. Que cela soit vrai ! *Amen*, c'est pour que s'accomplisse tout ce qui a été dit avant. »

À l'oreille, *Amen* et Annan se ressemblaient.

« A-N-N-A-N », épelait l'instituteur.

L'enfant se demandait pourquoi ajouter un autre N au milieu de son nom.

« Parce que ton nom s'ouvre sur une porte, puis il a un sommet, il monte et redescend. Sans ce deuxième N, il serait plat comme la mer. Ton nom est comme une montagne. »

Et le maître avait articulé distinctement « AN ! », suspendu un son et prononcé la fin d'une voix tombante.

L'école, Annan ne l'a connue que quelques heures. En raison d'un mal pour lequel il n'a toujours pas de mot. Comme s'il recevait sur le corps toute la glace empilée par les pêcheurs de Fort Prinzenstein sur leurs prises. L'œil de l'instituteur ne parvenait plus à le fixer tant il tremblait de froid… et mourait de fièvre ; son front était aussi brûlant que son corps gelé.

On alla chercher le père.

Il tarda.

Il venait de la mer et non des cieux.

Ce fut peut-être une bénédiction qu'il n'arrivât pas sur-le-champ.

L'instituteur fit pour Annan ce qu'il aurait fait pour son propre fils : il appela un médecin et le paya, une dépense à laquelle le père d'Annan, pêcheur fier et pauvre, n'aurait pu consentir.

Le médecin eut le temps d'administrer une dose de quinine.

Dès que le père parut, il emporta le fils et insulta le maître : le mal frappant Annan était né de ces murs.

Les trois jours suivants, la fièvre reprit l'enfant. Il demeura inconscient dans l'étuve d'une cahute isolée, transi dans un sommeil semblant fatal, sans plus de vie qu'un faible souffle qui allait diminuant entre ses lèvres bleues.

« Il est entré dans la zone de la mort », lançait son père à d'autres pêcheurs.

Ce qui les terrifiait tous, c'est que ses bras se tordaient en s'enroulant autour de son corps comme un nœud de serpents.

Il se murmura que l'enfant n'était plus. La mort avait passé et obtenu.

C'est au retour de sa mère qu'Annan reprit vie.

Elle l'avait recouvert de roseaux. Un chant était monté, la nuit chanta, les murs chantèrent, jusqu'à ce qu'il se libère de l'emprise de ses propres bras. Nul ne s'étonna de la voix de cette femme perçant l'air et de sa kora insufflant aux roseaux des notes de vent qui redonnèrent de la chaleur au corps de l'enfant, comme une brise tiède. Elle fréquentait les esprits d'un autre monde, un ailleurs qu'aucun ne voulait connaître. Ses yeux étaient remplis d'un vide indifférent à la toute-puissance de la mort.

Lorsqu'il revint du règne du froid, Annan ressentit une brûlure au bout des doigts. Son père les avait frottés avec une pierre jusqu'au sang pour qu'il ne restât plus une seule goutte d'encre noire sous ses ongles.

Maudite encre, elle avait ensorcelé son fils. À quoi pourrait-il être bon désormais ?

La brûlure de cette pierre, Annan la ressent encore. Si son existence se matérialisait par une suite de pierres conservant la mémoire de ses douleurs, celle-ci serait la première.

Annan ne savait pas nager. « Qu'importe », considéra le pêcheur. Si le fils avait survécu à la fièvre, il parviendrait toujours à retrouver son souffle.

C'est ainsi qu'il avait commencé lui-même à se défendre de l'eau, en se noyant d'abord, comme son père, comme le père de son père, et comme tous les hommes ici qui tiraient leur substance des fonds.

Sur la lagune, la croûte de sel réverbérait une lumière implacable.

Annan devait apprendre à la traverser.

L'épreuve se renouvela, plusieurs matins.

Après avoir jeté ses filets, le père le poussait, Annan se débattait.

« Tu ne remonteras pas tant qu'il reste un seul nœud. »

Le pêcheur tendait sa rame et la retirait au moment où le fils parvenait à la saisir. Pour l'obliger à se battre contre l'eau. Annan appelait à l'aide. Plus il criait, plus elle coulait en lui.

« Arrête d'ouvrir la bouche, l'eau n'y rentrera plus », entendait-il de la barque.

Son bras sortait, l'arête de la rame frappait ses doigts, sa tête disparaissait sous l'écume de sel.

Le père tournait ensuite le dos au fils pour signifier qu'il n'avait aucun secours à attendre de lui, et cette absence de regard suffoquait encore davantage Annan. Quelques secondes passaient, la rame s'abattait de nouveau sur ses doigts, Annan battait des jambes et finissait par être aspiré par les filets.

La lagune se refermait.

Le pêcheur réservait à son fils un monde où seule l'eau importait.

Il lui défendait de revenir à la surface plus qu'il ne fallait : si l'on respirait trop souvent, les filets s'emmêlaient.

L'air était désormais compté.

L'air, Annan apprit à le trouver ailleurs. Par un autre souffle.

Il se représentait que l'eau était le ciel et qu'une montagne s'élevait quelque part dans le vide.

Sa montagne.

Celle que le maître avait vue au milieu de son nom.

Il se disait qu'il la découvrirait à force de s'enfoncer toujours plus loin.

Une cime se révélerait un jour dans les brumes des profondeurs, là où le froid blanchissait les algues rouges et les crabes bleus, là où s'allumaient des étoiles plus douces, plus douces que la neige de feu recouvrant les pierres se levant durement du rivage.

Au-dehors, le sel aveuglait, ses cristaux coupaient.

Plus le soleil donnait, plus l'eau se chargeait de sel.

Lorsque la pluie ne cessait de tomber, un homme obeah était consulté. Il parlait à *Mami Wata*. Pour que le soleil revienne pour longtemps. Une chèvre était offerte au sel, non sans donner des coups de cornes et pousser des bêlements désespérés. Et les bêlements revenaient en écho, comme si les autres chèvres passées par la barque l'avertissaient.

Annan redoutait de se trouver face à l'une d'elles au fond de l'eau.

Le sel, c'était un don du ciel. L'or blanc rongeait la peau, mais on en tirait beaucoup de pesewas*. La lagune en était le creuset.

Annan haïssait le sel. Il brûlait les yeux.

« Arrête de les ouvrir, il n'y entrera plus. Et cesse de pleurer, ce sont aussi tes larmes qui te font mal », entendait-il de la barque.

De l'autre côté de l'Océan, loin, très loin, Joe déguste ses filets de tilapia, nappés de cinq grains de gros sel, disposés en cercle pour s'assurer que le compte est exact.

C'est le seul poisson qu'il est capable d'avaler. Parce que le tilapia n'a pas le goût de poisson.

Joe déteste le poisson, mais celui-là, il en prendrait plusieurs assiettées, surtout lorsqu'il baigne dans un jus de citron vert, avec des dés de tomate et de concombre, accompagné d'oignon rouge. Il raffole de cette recette, et dès qu'il peut dîner à la maison il demande qu'on lui prépare un ceviche de tilapia.

« Pour douze, comme d'habitude », lance-t-il à Rosa qui prend ses ordres quand il est présent à sa résidence de Greenville, banlieue cossue de Wilmington, Biden town.

Le cuisinier a en réserve des lamelles de tilapia qui marinent, au cas où Joe arriverait à l'improviste. Il ne veut surtout pas être pris de court.

* Monnaie ghanéenne.

Quand le cuisinier rince ses filets, il se prend à imaginer ce qu'il pourrait faire d'autre avec le tilapia, mitonner une petite sauce au parmesan ou accommoder la chair d'une croûte de sésame. Mais non. Il faut juste du citron, du poivre, quelques gouttes d'huile d'olive, et un peu de sel. La dose est évaluée au grain près : cinq grains, pas un de plus.

L'école, le sel, les chèvres, c'était à Fort Prinzenstein, avant qu'Annan ne parte à bonne distance de l'Océan.

À présent, il n'y a plus de sel. Il peut ouvrir les yeux en grand à la recherche des filets et de leurs nœuds. Mais le lac Volta est d'une eau plus cruelle que la lagune.

Quant à son père…

Le manque de ce qui manquait déjà ne peut l'atteindre.

Les brûlures sont venues d'un autre cercle de douleur.

À Fort Prizenstein, l'absence avait une odeur, celle du roseau.

Le soir, Annan l'attendait. Elle venait avec le coucher du soleil car la natte où il trouvait le repos en était, ainsi que les piles de paniers au milieu desquels il dormait.

Les roseaux, sa mère savait les tordre, les rompre, mieux que le vent, inlassablement, et les lier.

La nuit, c'était le règne du roseau, comme le sel l'était pour le jour.

Sa mère n'apparaissait qu'au coucher du soleil. Elle s'asseyait au pied de l'iroko et évidait des calebasses. À la place des graines, elle peignait des crabes bleus.

Son ouvrage achevé, la kora chantait. La fin du jour libérait l'odeur tant attendue.

Puis elle est partie.

Le pêcheur dit à Annan que sa mère avait décidé de ne plus être mère, qu'elle s'en était allée, peut-être dans les marais à jouer de la kora, peut-être au marché de Makola à vendre des paniers, ou peut-être pire, sur la route qui commence au-delà de Fort Prinzenstein, avec ses crabes bleus libérés du fond des calebasses.

« La folle. »

Le père était amer.

Annan attendait le retour de la nuit.

Et il restait l'iroko. Il l'enlaçait à la tombée du soir, comme si l'arbre allait se pencher vers lui.

Les branches pendaient, *peut-être des bras*, se disait-il. Mais l'arbre ne remuait jamais et restait aussi dur qu'une pierre.

Dans le lac Volta, beaucoup d'arbres se dressent.

Lorsqu'il saute dans l'eau, Annan en est entouré, une forêt entière.

En si grand nombre que la barque ne peut les éviter. Leurs branches envahissent l'eau comme des bras de noyés. À cause d'elles, le maître lui met des coups avec sa rame. Annan doit le prévenir dès qu'il en voit une, la repousser avec ses pieds, ses mains, sa tête s'il le faut. Parfois, il les voit trop tard, la pirogue cogne, le maître se met en colère.

Il frappe.

Désormais, Annan est toujours en haut des arbres, il nage parmi eux, au-dessus d'eux, entre eux. L'eau s'est mélangée avec le ciel depuis la construction du barrage. Elle est devenue l'air dans lequel chacun fait la ronde. Il peut poser ses mains sur les plus hautes branches et s'y percher comme un oiseau. Mais ces arbres sont différents de l'iroko. Ils ont une couleur de cendre claire dans ce ciel mort. Il n'y trouve pas sa mère. Ils n'ont ni feuilles ni bourgeons. Ils ne sont que troncs sans sève et branches mortes, et des pièges pour les nasses du maître. Ici, la pirogue a la forme d'un bec de calao.

Annan a été vendu par son père à d'autres pêcheurs, pour dénouer les filets pris dans les arbres que l'eau du barrage a recouverts jusqu'à la cime, les noyant.

Des villages vivaient là, et des enfants comme lui. Certains n'ont pas eu le temps de s'enfuir quand l'eau est montée le long des murs blancs.

Il est dit que les yeux des morts s'allument au fond du lac.

Ce sont leurs doigts qui coincent les filets dans les souches.

Ce sont leurs mains qui sortent de l'eau, la nuit.

Ce sont leurs bras, les branches des arbres.

Au début, Annan a cru à ces histoires, elles lui rappelaient les chèvres noyées pour *Mami Wata*.

Les autres enfants s'amusaient quand on parlait des morts, c'était le seul moment où ils riaient, alors Annan a fini par comprendre que rien de tout cela n'existait… *Mami Wata*, les chèvres qui hantent le sel, les morts au fond de l'eau, le lac Volta, vaste tombe…

Aujourd'hui, ces histoires, il n'y croit plus, même s'il est vrai que des enfants qu'il connaît ne sont jamais remontés, sauf dans son sommeil.

C'est cela qu'il a appris : ce qu'on ne voit pas n'existe pas.

Son père ne s'en doute pas, lui qui croit à plein de choses qu'il ne voit pas.

Quand il l'a vu partir, à quoi croyait-il ?

Il venait de dire à Annan qu'il avait encore beaucoup à apprendre.

Annan devait monter dans la voiture. Elle le conduirait auprès d'un pêcheur qui serait dorénavant son maître, cet homme lui enseignerait encore beaucoup de choses. Est-ce que son père croyait à ce qu'il disait ? Apprendre, apprendre…

Annan était triste de partir. Il pleurait mais il avait obéi.

C'était la première fois qu'il entrait dans une voiture, il s'était brûlé les jambes sur le siège chauffé par le soleil.

Il n'y a qu'une seule chose de vrai à laquelle on ne peut échapper, c'est la loi du maître.

Ce qu'il a appris, c'est à parer les coups, à incliner la tête de telle façon que la rame heurte le crâne sans faire trop mal, sans l'esquiver, sinon elle revient plus fort.

Il faut endurer le choc, et l'amortir.

Il faut changer de côté au bon moment pour éviter que la rame ne tape toujours au même endroit.

Il faut faire semblant d'avoir mal, sinon le maître pense qu'il a manqué son coup et recommence.

Il faut faire semblant d'avoir encore plus mal.

Il faut crier, avoir des larmes plein les yeux, mettre sa main sur sa tête comme si on avait peur qu'il vous l'arrache.

Ces leçons, il les a apprises très vite, tous les apprennent très vite.

De toute façon, la douleur est là. Pas besoin de se forcer beaucoup.

Le problème d'Annan, c'est qu'il tombe de sommeil quand la barque glisse sans bruit et qu'il ne se passe rien sur l'eau. On dirait même que le maître attend ce moment pour lui coller sa rame sur la tête.

Le maître le bat.
Pour qu'Annan s'améliore.
Pour qu'il apprenne son travail.

Le maître lui a pris ses vêtements. Il n'en avait pas besoin sur le lac.

« Comment t'appelles-tu ? » a demandé le maître le premier jour.

Annan a répondu et le poing du maître s'est enfoncé dans son ventre.

« Je recommence. Comment t'appelles-tu ? »

Annan ne comprenait pas. Il obéissait, répétait lentement les lettres de son nom, et le poing revenait avec fureur dès que le A s'ouvrait sur ses lèvres.

Le maître ne le blessait pas au visage. Les voleurs d'enfants repéraient ceux qui saignaient.

« Qui es-tu ? Comment t'appelles-tu ? »

Il ne pouvait plus respirer, ni prononcer le moindre mot.

C'est ce que le maître voulait : qu'Annan abandonne sa bouche.

« Désormais tu n'as que des oreilles pour m'écouter. Sers-toi encore une seule fois de ta langue, je te l'enlève. »

Il lui a donné une chemise à manches courtes, trop grande. Il flotte dedans, il manque les boutons, elle est déchirée.

Il lui a aussi demandé d'aller désormais pieds nus.

Le maître prend toute sa vie.

« À l'avenir, je t'appellerai Present », lui a-t-il dit.

Les nuits sont très courtes. L'odeur du roseau a disparu.

Le maître le réveille plus tôt que son père. Il faut se lever tout de suite sinon il aboie et donne un coup de bâton sur la tête. Present a sans cesse sommeil, mais il n'arrive pas vraiment à dormir, le sol est dur. Ils sont plusieurs comme lui étendus les uns contre les autres sur un grand tapis, ils se donnent des coups, et il y a ceux qui gémissent dans leur sommeil, on ne peut rien y faire. Il fait très noir dehors lorsqu'ils partent, et le jour met longtemps à venir. Present déteste la nuit car c'est le moment où il doit marcher dans la vase, pieds nus, c'est gluant, ça glisse près du lac, et ensuite il faut ramer, beaucoup, la pirogue se cogne partout et le maître n'arrête pas de lui enfoncer sa rame dans les côtes. Oui, c'est bien plus difficile qu'avant, il a toujours faim, il part sans manger, il n'a qu'un repas par jour, le soir. Il n'aime pas la nourriture, il a souvent mal au ventre.

Si seulement il pouvait pleurer. Mais une seule larme le blesserait.

Il ne doit pas penser à sa peine. C'est la sœur de la mort.

Present n'a pas envisagé de s'enfuir ailleurs. L'ailleurs n'existe pas par ici, il n'y a pas un arbre comme l'iroko pour espérer monter dessus et voir au loin. Le maître aime raconter ce qui est arrivé à Dodzi qui a osé courir au village d'à côté. Dodzi est parti au milieu de la nuit, on ne l'a plus revu pendant plusieurs jours, puis il est revenu. On ne lui a pas crevé les yeux, car il en a besoin pour voir les filets au fond de l'eau, ni coupé les mains car elles servent à démêler les filets, ni les pieds car il doit pouvoir encore nager. Mais on lui a enlevé une oreille car elles sont mauvaises, il n'a pas entendu ce qu'on lui a dit. S'il recommence, on lui coupera la deuxième. Il retournera au silence. Et si d'autres comme lui ne comprennent pas, ce sera pareil. Celui qui gémit toujours durant son sommeil, c'est Dodzi. Il est le plus ancien. Il est là depuis des années. Plus personne n'a envie de courir jusqu'au village d'à côté.

Le seul espoir, c'est Anansi. Le maître la craint plus que tout.

Les autres disent que, un jour, Anansi finira par trouver le village, elle libérera tous les enfants. Elle viendra du lac.

Elle va de village en village à leur recherche. Quand elle se montre, les maîtres ne peuvent rien faire, Anansi est très puissante, elle est si grande et si forte qu'elle n'a pas besoin de se battre. On ne lui résiste pas. Anansi repart toujours avec les enfants qu'elle est venue chercher. Le maître a sans cesse un œil sur l'horizon, au cas où elle apparaîtrait. Les enfants parlent d'Anansi à voix basse, ils ont peur pour leur langue. Ils scrutent le lointain, comme le maître. Quand ils pêchent sur le lac et croisent dans l'eau des enfants des autres villages, c'est la première question qu'ils se posent entre eux : « Des nouvelles d'Anansi ? » Son nom est chuchoté à la surface de l'eau par toutes les petites bouches, ça énerve les maîtres, ils les entendent, ils donnent des coups de rame dans l'eau, les enfants font croire que c'est le vent, les vagues, le remous. Anansi approche, elle rôde entre les arbres, avec une calebasse autour du cou pour rapporter leurs histoires, parce qu'elle les contient toutes, afin qu'elles ne s'oublient pas. Elle viendra un jour, c'est certain, elle n'a pas encore trouvé Present, elle en a tellement à sauver, des milliers comme lui, des Annan, tout autour du lac, parce que c'est immense le lac Volta, une montagne autant qu'un monde d'outre-tombe.

2

Blancs

Trous de mémoire
2020

René Magritte,
La Mémoire

À qui donner ?

Parmi les donateurs n'ayant pas reconduit leur versement à Challenging Heights, il y a Joe.

Challenging Heights œuvre depuis Accra, au Ghana. Sa mission : près de vingt mille enfants esclaves à sauver des eaux du lac Volta.

Chaque année, les comptes de l'organisation enregistrent le va-et-vient de nouveaux membres qui adhèrent, d'autres qui se détachent. Les finances fluctuent au gré des dons, c'est monnaie courante. Si seulement les cœurs pouvaient s'ouvrir à toutes les peines du monde. L'oubli ne désarme jamais. La charité ne suit pas chacun jusqu'à sa porte en le tirant par la manche. Les prélèvements automatiques sont trop abstraits pour se souvenir, ce sont des images de silence.

Et le don de Joe ?

Ce n'est pas par manque d'argent qu'il a disparu. Il en dispose suffisamment sans avoir à se préoccuper des sommes versées à Challenging Heights. Il n'est pas de haute naissance, mais il est acquis qu'il mourra riche. Ses vieux jours sont assurés quoi qu'il advienne, il n'a plus à se soucier du lendemain. Les colloques lui rapportent plusieurs dizaines de milliers de dollars l'heure, on se presse à ses conférences. Ses malheurs aimantent à présent les lecteurs, les droits d'auteur ont décuplé depuis la sortie du livre.

Il donne pourtant à des œuvres de toutes sortes. Mais il ne sait plus ce qu'il paye, ni à qui. Au seuil de sa candidature, il faut mettre bon ordre dans ces opérations qui pourraient devenir des embarras.

*

Rosa, rosa, rosam…

Joe s'est adressé à Rosa pour tirer au clair le méli-mélo des dons.

Pour bien des choses matérielles, elle est sa mémoire. Si Rosa siégeait à l'intérieur de son crâne, elle serait l'hippocampe, cette virgule du cerveau où s'isole le souvenir.

Elle a vu naître les enfants, elle vivait déjà auprès d'eux au moment de l'accident, et heureusement. Elle s'est occupée d'une foule de détails que son chagrin eût été incapable d'affronter. Alors, ouvrir un compte dédié aux œuvres et lui laisser l'administrer, ce serait la meilleure solution. Il aime à le rappeler, « les clés de la taule » lui ont été confiées à maintes reprises pour des affaires d'une bien plus haute importance.

Joe a engagé Rosa l'année où il a créé son cabinet d'avocat. Il avait à peine trente ans. Elle, à peine vingt.

C'était avant l'accident.

Rosa est une femme dévouée à Joe depuis toujours. Elle dit évasivement n'avoir nulle attache, à part une lointaine cousine qui a longtemps tenu une mercerie à Washington, du côté de Jesup Blair Park, s'éteignant lentement on ne sait où.

Pour beaucoup, Rosa est un mystère : elle aura consacré sa vie à un seul homme, avec un zèle et une fidélité ne venant pas du cœur.

Joe ne le clame pas haut et fort, mais son sort est entre les mains de Rosa. Pour tout ce qui concerne Wilmington, il en a perdu son latin. Elle l'assiste pour réveiller ses souvenirs. L'âge n'a altéré ni le jugement ni la mémoire de cette femme. Il ne pourrait en dire autant, avoue-t-il. Rosa sait encore mettre un nom sur un visage ou poser des mots sur les problèmes que ses anciens électeurs lui exposeront jusqu'à sa mort.

Joe trouve de tout dans ce courrier, comme s'il était Dieu le Père.

Rosa possède l'art de débrouiller cette correspondance.

À commencer par ces lettres adressées par des citadins de Greenville, des personnes plus ou moins de connaissance, craignant pour la réussite de leurs progénitures s'ils n'obtiennent une protection du ciel, duquel Joe est censé obtenir des miracles : les voisins de Hillside sollicitent une recommandation vantant les mérites du fiston un brin flemmard qui convoite Harvard, ses notes partent de très bas. Les Cortez en sont à leur troisième missive : la cadette cherche un emploi chez DuPont de Nemours, ses chances sont minces, les Mexicano ont besoin d'un sauf-conduit. Les Dunbar écrivent pour obtenir un sésame ouvrant les portes du Congrès : l'aîné est un rat de bibliothèque, il désire ardemment lire les originaux de Thomas Jefferson.

Il y a les adeptes du passe-droit : comme ce propriétaire d'une pizzeria estimant détenir une créance sur Joe depuis qu'il a annoncé sa candidature entre deux bouchées de pizza au chou kale. Il réclame une intervention pour tout et n'importe quoi. Dernière demande en date : étendre sa terrasse sur Trolley Square et arracher un magnolia centenaire à la seule fin d'installer dix tables de plus.

Il y a parfois des dossiers qui peuvent être un poison un jour si on les a ignorés, des dossiers nourris par des associations expérimentées. Comme celui, à prendre très au sérieux, de l'Union des scientifiques préoccupés par l'air respiré à Wilmington. Dans le quartier de New Castle, les relevés sont mauvais. À l'école, à l'église, dans les parcs, l'air est infesté de produits toxiques, cent quarante cochonneries dénombrées, décuplant le risque de tumeur au cerveau, de maladies respiratoires, de mort subite du nourrisson, d'Alzheimer… Trois fois plus que dans le reste de la ville. Les victimes ? Des pauvres relégués là, « en majorité des gens de couleur », insiste la note de Rosa. Un cliché montre une cour d'école de New Castle : un enfant attrape une balle au vol, un inhalateur entre les dents ; les bâtiments sont cernés par une station-service et une usine de retraitement de déchets. L'ailleurs auquel New Castle est comparé, c'est le quartier de Greenville, le plus riche du comté, bien plus riche, verdoyant à souhait, et le plus blanc. Joe y réside.

Au milieu de ces innombrables sollicitations, des sujets lui tiennent à cœur : ainsi de ce centre aquatique portant son nom. Le système de filtration est en panne depuis des semaines. C'est une des pompes qui doit être changée, le fabricant annonce qu'il a ses délais. Cette pompe, tout le monde en parle, on croirait qu'il s'agit d'un ventricule de Joe. Il a été maître-nageur à dix-neuf ans, précisément dans cette piscine parce qu'il voulait être… en immersion. Elle se situe dans un district déshérité que des Blancs comme lui n'avaient pas pour habitude de fréquenter. Il s'est initié autour de ce bassin : l'eau qui y coula fut sa piscine probatique. Ceux de son propre quartier l'affublaient alors d'un sobriquet : le « *nigger lover* ».

Rosa sait parfaitement les demandes que Joe veut appuyer. Elle connaît son monde sur le bout des doigts. L'influence n'est pas une ressource inépuisable, il faut la doser, la répartir, et ne pas se tromper dans ce partage. Rosa maîtrise désormais ces règles mieux que Joe. Elle n'a plus besoin de le consulter. Les réponses sont rédigées en connaissance de cause, elle sait ce qui doit être défendu, et ce qui doit moins l'être. Jamais de refus, toujours une ouverture vers quelque chose, avec de l'empathie et de l'élégance, deux principes que la plume de Rosa manie désormais en virtuose.

Joe tient à ce qu'on réponde, scrupuleusement, comme si chacune de ces causes était celle qu'il défendait au plus haut point.

Rosa n'a pas son pareil pour accomplir cette tâche ardue, elle est méthodique, précise, elle se renseigne sur tout. Alors Joe n'a aucune raison de penser qu'elle ne sera pas la personne idoine pour revoir la liste de ses dons, de A jusqu'à Z.

Pour bien des choses, elle est sa mémoire, la virgule de son cerveau, son hippocampe.

*

Oubli et confusion

Seulement voilà, lorsque Rosa se met à l'ouvrage, la tâche n'est pas si simple. Elle doit tout reprendre, décortiquer les dépenses, repérer ce qui peut ressembler à un don sous les libellés abscons des relevés bancaires.

Durant des semaines, Rosa recense méticuleusement les chiffres dans un tableau, et répertorie l'intitulé de chaque fondation et son objet. Elle a ajouté une colonne « à poursuivre », où Joe peut écrire O pour oui ou N pour non.

Les questions s'accumulent, Joe ne sait pas répondre à la plupart d'entre elles. « Faites au mieux... », « Je me fie à vos souvenirs... », « Vous saurez retrouver cela... », s'entend-elle répondre. Le tableau se remplit. Touche par touche, la composition avance lentement. Joe n'a plus le temps de traiter de ces affaires avec elle, toujours par monts et par vaux il passe désormais en coup de vent à Greenville.

Le cœur du vieil homme se concentre sur sa victoire. Il a ce goût dans la peau.

Après plusieurs mois d'un examen minutieux de chaque somme, Rosa est enfin parvenue à remettre de l'ordre dans les chiffres. Il n'est que l'espace réservé à Challenging Heights qui est demeuré vide. L'unique fois où elle a évoqué ce blanc avec Joe, il est resté muet et a détourné les yeux. Elle n'a pas insisté.

Son devoir accompli, Rosa transmet son tableau à Joe et reprécise dans une note qu'il lui manque une réponse.

« Que décidez-vous pour Challenging Heights ? » a-t-elle écrit, en ajoutant par acquit de conscience que cette fondation intervient au Ghana, au cas où ce nom éveillerait un souvenir chez Joe. Elle ignorait que ce pays existait, il est de la taille d'un confetti sur la carte du vaste monde, plus petit encore que la terre où elle est née, le Michigan.

La note est revenue, Joe a biffé Ghana à chaque ligne. Dans la marge, il a griffonné Guyana d'une écriture tremblée.

Trois jours avant, Joe participait à une émission sur WMUR-TV, interrogé par des quidams triés sur le volet et préparés par un journaliste débonnaire.

Parmi eux, Terrance, arrivé du Guyana quelques années plus tôt.

Il avait pris vingt-deux secondes pour poser sa question, et en vingt-deux secondes il avait évoqué Dieu, les merveilles de l'Amérique racontées par son grand-père au cours de son enfance, sa fierté d'être désormais de ce pays où il allait voter.

L'histoire était belle. Que ferait Joe pour la perpétuer ?

Du pain bénit, un clip de campagne n'aurait pas mieux fait.

Les premiers mots de Joe avaient fusé : « Je suis allé au Ghana, j'ai parcouru toute l'Afrique… »

Et derrière chaque silence de Joe, le Ghana revint. Derrière chaque virgule.

Terrance avait contracté ses mâchoires, il n'avait pas osé l'interrompre pour rappeler qu'il venait du Guyana, qu'il n'avait rien à voir avec l'Afrique.

Le public avait compris aussitôt que quelque chose ne tournait pas rond. La caméra s'était attardée sur quatre visages perplexes, puis sur Terrance, les yeux à fleur de tête ; l'embarras se lisait dans son regard, peut-être l'offense aussi.

Depuis Greenville, Rosa avait assisté, impuissante, à la scène. Elle avait vu Joe, et sa figure d'une blancheur de cire, s'empêtrer dans une succession de phrases confuses qui promenaient l'auditeur d'un point du globe à l'autre, de l'Irlande au Ghana, sans jamais repasser par le Guyana.

Ses adversaires n'avaient pas perdu un instant pour se jeter sur sa bourde comme sur un os.

Rosa avait sauté de chaîne en chaîne. Sur CNN, HLN, MSNBC, Newsworld, Fox, passaient en boucle Guyana, Ghana, Guyana, Ghana, Guyana, Ghana…

« Une gaffe de plus », raillaient les rivaux de Joe, moquant sa piètre connaissance du monde.

« Comment a-t-il pu confondre l'Afrique et l'Amérique du Sud ? » se récriaient ses contempteurs, qui n'eussent pas moins risqué la même bévue.

« Trois fois président de la Commission des affaires étrangères du Sénat. Inexplicable. »

« Confier le pays à un dur d'oreille ? »

Sournoisement, les questions à propos de son âge revinrent. Les rumeurs sur son état de santé empirèrent.

*

ATTAQUE

Certes, Joe porte beau pour son âge. Il ne fume pas, ne boit pas d'alcool, marche, court, nage, pratique du sport en salle, son pas reste alerte. Le port de tête est droit, inné lorsqu'il paraît en public. Il a toujours eu le réflexe de ne jamais se voûter. Ses dents sont plus étincelantes qu'à sa première campagne. Joe est en belle forme, il semble apte, et plus que cela, il a la « caisse », comme on dit, celle qu'il faut pour tenir le rôle auquel il se destine. Son visage montre quelques taches par-ci par-là, seules marques indélébiles de la vieillesse, et de très près, cette consistance de papier mâché. L'âge a la mine des vieux ouvrages.

Il a beau grimper les escaliers quatre à quatre, on le presse de fournir ses analyses. Beaucoup sont impatients de les éplucher, persuadés qu'ils vont découvrir des cachotteries. « C'est inévitable », le prévient-on… sans le froisser.

Rosa a assisté à son premier accident vasculaire cérébral. Rien de sérieux, mais saisissant : durant dix secondes, l'œil gauche s'est fermé, sa voix est devenue rauque, ses mots confus. Joe a décrit ces signes au neurologue de Christiana Care, lequel a retraduit : « Comme ces chants d'outre-tombe qui annoncent un tremblement de terre. »

Dix secondes, juste le temps d'un léger étourdissement, la moitié de la vision qui se bouche, ne serait-ce que l'espace de quatre battements de paupières, c'est un trou noir laissant entrer quelque chose du dernier sommeil. La vue lui est revenue aussitôt. Cette intermittence a été si brève qu'il aurait pu ne pas s'en soucier, mais Joe a tout de suite compris.

Pour parer à d'autres attaques plus sévères, il prend désormais des anticoagulants. Tout son sang le bouscule en plusieurs endroits, arythmie cardiaque, hypertension, embolie pulmonaire, thrombose veineuse. Le sang ne bat plus comme avant dans ses artères. Or le sang, c'est la sève. Le sien est épais, Joe doit surveiller son taux de graisse, il produit un mauvais cholestérol. Chaque matin au réveil, il avale une dizaine de pilules pour éviter que des caillots ne se forment dans ses vaisseaux ici ou là. « C'est votre assurance vie », lui répète son médecin. Ces comprimés sont une providence pour ses artères. Joe se représente les caillots dissous, son sang irriguant tous ses organes, chaque jour le corps réparé pour durer un peu plus.

Joe a passé soixante-dix ans, mais il ne sera pas comme ces anciens de Narayama se livrant à la mort coûte que coûte. Il ne se cassera pas les dents pour paraître plus vieux, personne ne le traînera en haut de la montagne afin qu'il disparaisse sous la neige. D'ailleurs, qui le porterait dans une ultime ascension ?

Son fils ? La mort ne l'a pas attendu, lui, elle est venue avant l'heure.

Joe, la tentation du *désert admirable** ne le guette plus. Se retrancher du monde et de ses désordres, c'est fini. Les voix du désespoir se sont assourdies, il en est presque à les ignorer, à détacher les ombres filant sur son cœur d'autrefois, Neilia, Naomi, broyées lors d'un hiver lointain, ce 18 décembre 1972, dans le fauve de l'aube. Aujourd'hui, il laisse leurs murmures aller plus bas, il a longtemps pleuré sur ce matin où se sont renversés leurs jours.

Mais les fantômes noirs sont opiniâtres, ils ne désertent pas.

Challenging Heights l'attire de nouveau sur la crête d'un précipice que le remords a creusé au fond de sa conscience.

Les eaux du lac Volta le reprennent comme un long fleuve tranquille.

« Le Ghana ? Où ? Quand ? Combien ? » demande Rosa. L'hippocampe sautille.

Ces questions le ramènent à un commencement, à un autre matin froid, à un autre hiver, ce 3 février 1969. Une femme de ce pays le rappelle à sa mémoire, elle avait posé son regard ambre sur la naissance de Beau.

L'ambre a la couleur du temps, il ne s'efface pas, il donne des yeux aux souvenirs et aux regrets.

---

* En référence à Maître Eckhart, *Le Grain de sénevé.*

3

1964-1972

Accidents - Serments - Naissance

George Catlin,
White Cloud

À l'époque où l'accident se produisit, Joe n'avait pas trente ans.

Il rêvait de soulever le ciel.

Il était aux prémices d'une course qui l'entraînait plus haut de jour en jour. Tout allait très vite en ce temps. Il s'était acheminé vers le pouvoir à grande allure, et aucun obstacle ne l'avait ralenti jusqu'au sommet qu'il visait : le poste de sénateur du Delaware.

Cela lui prit moins de vingt-quatre mois.

Le point de départ avait été le conseil du comté de New Castle.

Il sillonna la ville, frappa aux portes de centaines de maisons et, semaine après semaine, distribua par paquets sa tête sur des affiches bleues.

Son aura se chargeait d'éclat à chaque poignée de main. Son visage rayonnait à la ronde, et plus il rayonnait, plus la lumière se diffusait autour de lui. De proche en proche, de nouvelles mains se tendaient vers lui.

Il ne rencontrait jamais de haine, sa popularité était fulgurante, se répandant *à la vitesse de la lumière*, s'exaltait le quotidien de Wilmington.

C'était un tourbillon, et ses concurrents pliaient sur son passage comme des petites herbes.

Il causa de sévères maux de crâne à plus d'un. Une exposition prolongée aux rayons du soleil ne laisse pas indemne.

*

1972

Beau se rappelle.
Des yeux qui crient,
Le trait noir de la route s'effaçant dans l'horizon,
Le bain de brouillard où la lumière sombre,
Le ciel emporté,
La croix froide du métal,
Une ombre d'acier,
Le bruit.
De la prairie qui fume,
Il reste une odeur cruelle.

Ce matin du 18 décembre 1972, dans la seconde précédant la collision, Neilia eut-elle le temps de voir qu'elles mouraient, elle et sa fille Naomi ?

Un éclat entra dans leurs yeux à la vitesse de la lumière.

Les tua un camion arrivant de côté.

*

Printemps 1964

Pour Joe et Neilia, tout commence à New Providence. Le pays est secoué par le meurtre de Kitty Genovese, assassinée sous les yeux de trente-huit témoins qui n'ont pas levé le petit doigt. L'émotion est vive, mais les vacances du *spring break* démarrent. Les étudiants affluent dans les eaux chaudes des Bahamas pour quelques jours d'exception. Dans des temps reculés, l'île a secouru nombre de naufragés. L'unique péril tient désormais dans le sort qu'une rencontre réserve sur ces rivages turquoise où les âmes sœurs se cherchent, avec l'espoir d'un lendemain.

En ce printemps 1964, Joe et Neilia sont de ces étudiants, et pour ces deux âmes il y aura un lendemain, ce dimanche d'avril où ils se retrouvent à Syracuse pour un dîner.

Sur la première photo que Joe possède d'elle, les doigts de Neilia s'entortillent dans un foulard noué à la lavallière au ras de son cou doré au soleil de New Providence.

Au cours du dîner, Joe lui a confié son penchant pour la politique et sa volonté de changer le monde, pourquoi pas en levant des suffrages sur son nom. Elle a accueilli cette confidence par des mots inattendus. « Le bulletin de vote ou la balle de revolver* ? » a-t-elle lancé en resserrant son foulard sur sa gorge.

Dans l'après-midi, elle a entendu à la volée les paroles de Malcolm X prononcées à Detroit ; la formule l'a frappée, elle s'est gravée dans sa mémoire.

---

* « The Ballot or the Bullet », discours de Malcolm X, avril 1964.

La politique l'intéresse peu, parce qu'elle en a peur ; c'est un danger, une violence sous une autre forme. « Le bulletin ou la balle ? » redemande-t-elle.

Joe roule sur sa gravité. Il redouble de gaieté pour que la discussion ne s'engage pas.

Il coupe court en levant la main comme s'il prêtait serment.

Il attend que Neilia réponde à ce geste en posant sa paume dans la sienne.

*

ÉTÉ 1964

Le bulletin, il en est encore question trois mois plus tard à Hemlock Lake, l'un des onze doigts des Finger Lakes.

Depuis le dîner à Syracuse, Joe est revenu chaque week-end. Il est épris.

Après les eaux baptismales des Bahamas, Neilia a formé le vœu de se baigner dans les onze lacs avec son prétendant. Elle affirme que leur lit a été creusé par les mains d'un grand esprit ojibwé pour sacrer toute la terre à l'est de Syracuse. Avec Hemlock, ils auront connu six lacs, et il leur restera à se donner aux cinq derniers doigts de la légende, Skaneateles, Cayuga, Seneca, Keuka, Honeoye.

Joe est charmé par les inspirations de Neilia.

Elle a grandi dans cette région. Au cours de ses années d'enfance, elle a appris à s'ouvrir à cet autre monde, à se débrouiller pour survivre le long de ces doigts d'eau posés au milieu de vieilles forêts de pruches. Ces lacs contiennent un univers, elle aime y rêver. Elle possède un paquetage pour tenir un petit campement et apporte toujours sa canne à pêche, des appâts ainsi que des piques pour rôtir le dîner que la paume des Finger Lakes veut bien tendre.

Alors qu'ils traversent un pré et approchent d'Hemlock, elle avise Joe de ne surtout pas plonger ses mains dans les ombelles. « C'est de la ciguë. Ce lac ne porte pas ce nom par hasard. » Joe fait mine de la croire et lève les bras en l'air. Ces tiges à tête blanche sont inoffensives. Elle s'amuse de son bon tour et se laisse tomber à la renverse dans leur parfum.

Sa gaieté lui ouvre des joies que le sentiment redouble.

Ils débouclent leur barda et décident de se baigner, se tordent les pieds sur des pierres pointues. Par temps d'orage, l'eau d'Hemlock est immobile, toute vie suspendue. L'onde s'oublie, seules des ombres frayent dans les profondeurs.

Lorsque la lumière s'inverse, ils ressortent et rêvent près du bord qui va s'assombrissant à mesure que leur regard glisse au centre du lac. Les bois noirs répandent leur obscurité. Encore quelques minutes et ils s'y seront dissous. Alors Neilia prépare sa canne à pêche et fouette l'onde sans répit, comme si elle voulait que ce tas d'eau rende encore un peu de sa lumière. Elle réussit à lever deux truites arc-en-ciel qu'elle est impatiente de cuire dans une flambée.

Joe est ébahi par son habileté.

C'est aussi elle qui a la bonne main pour faire partir le feu, Joe est un peu empoté, Neilia s'arrange des branchages trop humides qu'il rapporte, penaud. Elle a été prévoyante et tire de son sac une poignée de tracts qu'elle froisse sous les brindilles. Neilia les a trouvés sur le campus de Syracuse, ils s'envolaient dans le grand hall. Son souffle arrache des étincelles, puis des flammes.

« J'ai entendu dire qu'ils étaient incendiaires. » Ses grands yeux verts s'embrasent.

Joe retire un tract du feu. La blancheur consumée révèle une longue main aux doigts fuselés, un bulletin de vote, les lettres brûlées d'un slogan. Au dos, un texte chante l'été dans le Mississippi : il s'agit d'aider des hommes et des femmes à approcher d'une urne.

Le ciel s'irrite, un roulement de tonnerre détourne leur attention. Le lac frémit, Joe relâche le tract dans les flammes, le feu laisse filer un reflet sur son front. Neilia flâne sur le couchant. Joe s'émerveille des éclairs qui pendent sur la forêt comme d'immenses racines.

La lune est descendue sur le doigt d'Hemlock, le feu tremble sur l'eau, un semblant d'aube. Il faudrait le souffle du grand esprit ojibwé pour que son éclat s'agrandisse et porte jusqu'au grand fleuve. Lui, il sait se jouer des distances.

Il y a loin du lac au grand fleuve, à l'Océan, vers d'autres lacs. Des labyrinthes les relient, un écheveau de sources. Une main cherche sous la terre.

Ailleurs, le barrage d'Akosombo s'érige, le Volta coulera bientôt.

Cette nuit-là, l'orage a grondé, puis il s'est éloigné.

*

ÉTÉ 1966

Les beaux jours ne meurent pas. Deux ans plus tard, Joe et Neilia s'approchent du mariage. Ils visitent l'église de Skaneateles, juchée à la pointe du lac. Skaneateles Lake est le deuxième doigt de la main gauche de l'esprit ojibwé, le dernier où Neilia veut affermir ses sentiments.

Après leur promenade, elle traverse le lac et nage seule en direction d'un îlot minuscule où s'avachit une maison effondrée entre deux rideaux d'épinettes. Elle s'arrête parfois et prend une longue inspiration. Sa tête fend l'eau avec l'air d'y chercher quelque chose. Ses bras et ses jambes se dérobent, réapparaissent, virevoltent à la surface, comme si son corps s'enroulait autour du doigt de Skaneateles. Enfin elle ressent l'eau qui s'en vient, ample et bouillonnante.

Joe la contemple depuis la rive, tout en parcourant d'un œil vague le *Post-Standard* de Syracuse. Il tente de se concentrer sur sa lecture. En cet instant, il se dit que la nature est un don, elle les enveloppe de félicité, mais il se dit aussi que le sort peut se retourner d'un coup d'un seul, surtout lorsque le corps est en prise avec l'eau. Comme à Hemlock, elle est limpide au bord, plus sombre au-delà.

Puis une page happe Joe : une araignée venue d'on ne sait où s'est posée sur une photo prise lors d'une marche pacifique à Chicago. Elle se promène sur Martin Luther King, il est tenu par deux hommes qui pèsent sur lui de tout leur poids, il est genou à terre. Le rouent-ils de coups ? La nuque ploie, il tombe. Des pierres et des bouteilles pleuvent sur le Pasteur. En vérité, ces hommes le protègent, un pavé a heurté son crâne.

Neilia apparaît. Le soleil est descendu, le lac a attrapé son rêve. Elle reprend son souffle et s'allonge près de Joe. Elle remarque sur la photo l'ombre portée d'une troisième main, en retrait, tendue hors champ. Une mouche survient et se meut sur cette main absente en se frottant les ailes. Elle est d'une noirceur si fine, comme de ces mouches éphémères d'autrefois, une « assassine » rehaussant le teint.

Pour Neilia et Joe, l'important est ailleurs : ils décident qu'ils se marieront avant la fin de l'été. Dans un petit reste de jour, ils s'en font le serment. Neilia caresse son ventre. Ils s'accordent à la nuit.

*

5 avril 1968

« Ce soir, promets-moi de jouer *Prends ma main*, promets-moi. »

Ce sont les dernières paroles du Pasteur. Aucune main n'a pu stopper la balle qui lui a traversé la gorge. Une salve a suffi. Un seul assassin.

De leurs noces à ce jour, près de deux années auront passé.

Sa mort plonge une partie du pays dans la désolation, les villes se sont embrasées, les ghettos sont inconsolables. Où se pourront entendre les mots du rêve ? Ils hurlent à la vengeance, leur ciel se déchire, c'est leur espoir qui s'est effondré sous la balle de revolver. Meurt un géant. Dans quels pas marcheront-ils vers la *terre promise* ? Il allait refaire le monde. Ils le croyaient immortel depuis que la Providence avait dévié une lame à un doigt de son cœur. Lui-même entretenait le doute.

« Peu importe ce qui va m'arriver maintenant, car je suis allé jusqu'au sommet de la montagne. »

Cette prémonition, il l'a formulée quelques heures avant de mourir, comme s'il s'apprêtait à sortir du temps, à goûter l'éternité, chantant toujours plus haut avant son dernier souffle.

Neilia et Joe entendent les émeutes dans les cités lointaines, leur cœur comprend le désespoir et la colère. Ce meurtre les révolte.

Le lendemain de cet assassinat, Beau a germé dans les pensées de Neilia. Au-dehors tout est bruit et fureur. C'est la première fois qu'elle parle d'avoir un enfant.

« Et toi, quel est ton rêve ? » demande-t-elle à Joe.

Joe répond ce qui lui passe par la tête, sans réfléchir. Son sommet à lui, ce serait d'être docteur en droit.

Neilia attendait de lui quelque chose de plus *beau*. Le rêve s'égare.

Depuis un mois, il s'est coupé du monde et ne se préoccupe plus que d'une seule chose : bûcher son droit. À longueur de journée, il récite par cœur des articles de loi. Comme s'il prenait des leçons de diction. Joe est bègue : cette difficulté pourrait lui coûter son diplôme d'avocat et ruiner ses ambitions si sa voix s'enrayait face au jury. Il désire plus que tout triompher de cette épreuve.

Neilia s'étonne de ce rêve à courte vue.

« Et ensuite ? »

Joe demeure bouche bée. Les mots se coincent dans sa gorge. Il tend une main. Pour l'heure, son seul langage.

Les nuits qui suivent seront heureuses.

*

3 FÉVRIER 1969

Au lever du soleil, Neilia ressent les premiers signes.

Il n'est que temps, l'enfant s'attarde en elle.

Sur le qui-vive, ses mains les devinent.

Elle redoutait qu'il ne grossisse indéfiniment et ne sorte jamais.

La veille, ils se sont décidés sur le prénom, et peut-être l'enfant l'a-t-il entendu.

Ils l'appelleront Beau.

Ce matin-là, il est plus agité, il se débat, il s'étend de tous ses membres, l'éveil est proche. La nuit a été une suite d'insomnies éprouvantes.

Il aura suffi que Neilia se mette debout pour qu'elle perçoive l'imminence du terme. Un poids s'est affaissé brusquement sur son bassin.

Elle trouve la force d'écarter les rideaux avant qu'une douleur sans nom ne la rejette aussitôt sur son lit, une douleur qui n'est qu'un point de départ, car elle reviendra bientôt, par vagues, et va croître de plus belle. Neilia comprend que le corps à corps commence. L'épreuve lui fera mal, mais l'issue sera sublime. Ce sera *Beau*.

Au-dehors, la nuit s'efface. Une ville blanche se lève, inerte et froide. La neige coule inlassablement sur les toits depuis le soir. Neilia inspire l'air hivernal perçant à travers les carreaux. Elle songe aux eaux chaudes et placides des Finger Lakes lorsqu'elle se laissait glisser de leur paume tiède au fond glacé, à la recherche de ce que son cœur désirait.

Neilia revoit les ombelles d'Hemlock dans les cristaux de givre qui étoilent la vitre. Elle ne réveille pas Joe. Son sommeil est agité, ses mains tremblent, son visage se contracte, une secrète inquiétude siffle dans sa respiration. Ses cils frémissent, sa poitrine se soulève puis elle se bloque, il s'étrangle, toussote et replonge entre deux eaux.

*

Ils viennent de s'accorder sur le prénom de Beau.

En tirant le rideau, Joe s'attarde à contempler les flocons que le vent renvoie vers le ciel. L'air s'emplit de froid et de silence. Des miroirs de givre aveuglent les fenêtres.

Neilia caresse son ventre. Peu à peu, le mouvement des mains se fait plus lent, le sommeil la prend.

Joe se coule à ses côtés, il remonte sur elle le drap. Neilia tente de se retourner, son corps est trop lourd, une vague se lève.

Depuis le meurtre du Pasteur, chaque jour, à la tombée de la nuit, les rassemblements virent à l'émeute, les détonations affolent les beaux quartiers de Wilmington. Mais ce soir-là les rues sont éteintes. Les hommes en colère sont mis à l'épreuve par la mer de neige, aucun ne cherche à braver les lames écrasantes du gel. La rage ne leur tient pas assez chaud.

Le voisin a sonné pour apporter du bois. Il a dit au passage qu'il était ravi du silence revenu. Il remercie le ciel. Il ne supportait plus les explosions, les sirènes hurlant sous son balcon, l'atmosphère de guerre civile. « Cette bonne neige va nous refroidir tout ça. »

Joe n'aime pas l'entendre ainsi jubiler. S'il en avait le pouvoir, ce type rayerait les Noirs de la surface de la terre.

Joe a pris le parti de ne jamais le reprendre, il change de sujet.

« Si l'accouchement est pour demain, je ne sais pas comment nous irons à l'hôpital. »

Le voisin a répondu que Neilia ne serait pas la première à mettre au monde son enfant dans son propre lit, comme à l'ancienne.

« Remarquez, pour une fois, vous ne seriez pas enquiquinés par cette engeance qui traîne dans nos rues. »

Joe ne rétorque pas, Joe ne rétorque jamais. Pas plus aujourd'hui qu'hier ou demain. Il ne changera pas cet homme avec une leçon de morale. Joe se persuade qu'il serait incapable de causer du tort à qui que ce soit, fût-il noir. Son âme n'est certainement pas que de boue. Sa seule tache, c'est d'être un raciste bon teint.

Pourquoi ne la boucle-t-il pas, se dit-il.

La conversation meurt.

Durant quelques secondes, deux silences s'affrontent.

Joe souhaite une bonne soirée à son voisin, lequel prédit que, à l'aurore, une ville blanche sera tombée du ciel.

Joe n'a rien ajouté, si ce n'est pour une énième fois : « Faites de beaux rêves. »

*

Au petit matin, la nuit a sculpté de longs cristaux pointus au ras des toits. Le vent exhume des branches noires sous des spirales de neige. Le froid est cuisant, le soleil bas et pâle, comme transi dans sa course. La ville gelée étincelle de solitude, la vie a reflué.

Même la détresse s'est envolée avec la tempête. Que sont devenus les âmes vagabondes, les couches-dehors qui se lèvent des trous d'immeuble en brouettant leur foyer clopin-clopant, feignant de se diriger ?

Neilia sent que son enfant vient, deux cœurs battent en elle.

Mais avec l'imminence de la division, l'appréhension de l'inconnu grandit.

Le pire n'est jamais loin.

La naissance est un drame latent.

Neuf mois passés à se languir, c'est un lent cheminement, le pas des jours qui ralentit sous le corps plus lourd, la peine à forcer l'allure. C'est aussi un retour à soi, de profondes songeries, l'œil du nombril s'ouvre, les jours arrondissent le ventre, jusqu'où ?

Le bonheur de Neilia est à portée, le temps s'accélère, ces dernières minutes sont cruciales. Quel est l'augure de cette neige ? Quelque part là-haut, la fileuse tourne son rouet avec hâte, les fils de l'hiver pourraient les empêtrer. Le silence se griffe de cris descendant d'une cheminée où des corbeaux maudissent cette main blanche qui les dépouille de leur provende.

« Je crois qu'il est là. »

Neilia s'est décidé à prononcer ces mots. Le ton est résolu. Et elle serre le bras de Joe qui se réveille d'un bond. Il se rue sur le téléphone pour appeler un taxi. Il s'échauffe devant l'armoire, retourne les tiroirs, arpente la chambre de ses longues jambes. En un clin d'œil, il est vêtu de la tête aux pieds. Il jette sur Neilia des regards pressés.

Ses mouvements à elle sont lents, Joe l'aide à s'emmitoufler dans les deux pull-overs qui la métamorphosent en une grosse pelote de laine sur le point de se débobiner.

Cette brusque accélération du temps déplaît à Neilia.

Elle aurait voulu attendre. Le plus longtemps possible. Étendue dans la tiédeur du lit. Au lieu de quoi elle subit le rythme de Joe qui court en tous sens. Elle lui dit que le bébé est encore dans son ventre, qu'il n'est pas parti devant.

Puis Neilia et Joe se retrouvent seuls sur le trottoir, le froid a chassé les passants. Elle est prise de vertige, ses dents claquent. Elle aurait pu rester au chaud. Elle peste intérieurement contre cette impatience que Joe ne refrène plus, comme si cette précipitation mise en toutes choses était une lutte contre le temps, non qu'il s'inquiète de sa fuite, car ce bouillonnement a plutôt à voir avec son ambition, chaque minute compte, c'est un état d'esprit. Cette fièvre apporte à Neilia un air mordant.

Enfin le taxi paraît,

Ses roues s'enfoncent et tournent à vide,

La neige danse autour du métal jaune,

La glace craque,

Le taxi s'immobilise deux blocs plus loin,

Il ne peut plus avancer,

Joe s'emporte, il gronde,

La neige est indifférente, elle monte jusqu'aux mollets, elle est un piège.

Neilia doit marcher sur une centaine de mètres et la traverser comme une rivière.

Joe la soutient d'un bras.

Ils vacillent.

Neilia tremble, elle est gelée, son cœur se serre, elle s'affaisse, elle croit s'évanouir, elle voit son enfant tomber dans un étang blanc, puis une tache rouge.

Il lui semble qu'elle saigne, qu'elle est prise d'un mal. Ce sont les eaux que l'inquiétude fait virer au sang.

L'air glacial s'infiltre en elle, féroce, il lui coupe les jambes, elle ne sent plus ses doigts, une main de glace l'étreint. Ils sont loin, les Finger Lakes.

De glace aussi sont les poings de Beau qui frappent dans son ventre.

Quel est le signe de toute cette neige ? Le jour d'une naissance, tout s'effacerait, la fin du monde ?

Les chromes du taxi finissent par se rapprocher, ils luisent comme des lames,

Les flancs de la voiture grincent,

Les battants de porte claquent,

Les voilà partis,

C'est un départ vers l'inconnu.

*

À présent, le corps de Neilia est plus léger, son ventre est délié. Et chaud.

Patience du corps.

*

Beau a pris forme dans un cri ; une poussée suivie d'un cri.

L'enfant a quitté le giron à regret.

Ce fut un commencement hésitant. Comme le soleil pâle de l'aube laiteuse peine à se détacher de l'horizon lourd de glace.

*

Des corolles s'ouvrent sur les murs ; entre les valves s'étire un écheveau de tuyaux ; des sérums ambre s'égouttent de poches en ébullition.

*

Une chambre d'hôpital est à la croisée du temps, la naissance et la mort se rencontrent, se superposent parfois, dans cette maison blanche.

4

2013-1969-2015

Superposition de temps

Louise Bourgeois,
The Welcoming Hands

2013

Par une chaude soirée d'été, Joe s'attarde au fond du jardin. Il se grise du parfum des fleurs. Un papillon bleu s'est posé sur une tête de gerbera. Il s'agenouille et l'observe. La fleur penche avec la brise du soir, l'aile tremble.

Joe se délecte d'une pêche que le soleil a par trop mûrie. Le fruit s'est cueilli sans peine, il a roulé dans sa main, il n'attendait que lui. La chair gicle ; son bras se dore jusqu'au pli du coude.

Depuis la maison, Jill lui fait de grands signes.

Joe laisse le papillon au crépuscule.

Son téléphone a vibré.

« J'ai répondu, dit-elle. C'est Beau. »

Les conversations dans la pièce voisine se sont éteintes.

« C'est moi, papa. Ma tête refait des siennes. » Sa voix est faible.

Quand Joe raccroche, Jill prend son téléphone et l'éloigne comme un objet turpide.

En quarante ans de vie commune, le front de l'un ne se plisse pas sans révéler à l'autre un signe qu'il ne saurait interpréter. Elle ne lui a jamais connu mine si sombre depuis l'accident.

*

1969

Neilia a accouché, elle caresse le crâne de son bébé, il lui paraît très froid, un peu au-dessus de l'oreille.

*

Beau l'appelait de Chicago. Il a eu les résultats. Ils sont mauvais. Cette fois-ci, c'est certain, le diagnostic se confirme, tumeur au cerveau.

Un glioblastome de stade IV.

Gloiós *pour substance visqueuse,*

-blástê *pour germe,*

IV pour l'irrémissible.

Pronostic : un an de survie, au mieux.

Que sera le présent ?

*

Neilia se réveille d'un sommeil agité. Le lit à côté du sien est vide. Sur le drap se devinent encore la marque d'un corps et celle de l'enfant. Cette femme et son bébé, ils étaient là avant qu'on ne la conduise en salle d'accouchement. Où sont-ils à présent ?

*

Beau ne cessait de se plaindre de maux de tête réguliers. Joe a eu l'intuition que ces premiers symptômes annonçaient quelque chose de funeste, un ver dans le fruit. La peur ne l'a plus quitté. La mort prenait-elle ses quartiers ?

*

Il est certain qu'ils ne reviendront pas, place nette a été faite, il ne reste rien d'eux. Sauf quelques paroles échangées avec la femme, les couleurs de son kenté et le souvenir de cette calebasse suspendue à son cou.

*

Ils ont percé le crâne de Beau. Une biopsie.
Le malheur entre par un trou de souris.

*

Neilia grelottait sous sa couverture. La femme s'était levée pour étendre sur elle un kenté de tant de couleurs qu'aucune ne ressortait.

L'enfant pleurait. Beau pleurait.

Cette femme tenait des propos confus, elle répétait qu'il avait besoin d'être soigné. Il avait très froid, elle était là pour lui. De qui parlait-elle ? Car elle lançait sur Beau un regard tragique et grave, comme s'il était la cause de son inquiétude. Neilia ne s'alarma pas. Elle avait le pressentiment que cette femme avait des douleurs.

« Que pourrions-nous faire pour l'aider ? » demanda-t-elle à Joe.

Il ne répondit pas.

Qu'une patiente se mêlât des maux d'une autre, c'était chose courante pour oublier les siens.

La femme a eu le temps de dire qu'elle était de passage, qu'elle s'appelait Anansi, qu'elle ne pouvait pas rester. Son enfant, elle le nommait Present.

Elle a insisté pour que Neilia garde le kenté.

Elle a tendu sa calebasse à Joe car elle disait qu'il semblait avoir très soif. Il a refusé de la prendre.

Elle ne cessait de fixer sur Beau ses yeux couleur d'ambre.

*

Les vertiges vont et viennent, la maladie s'installe. Elle a ceci de cruel qu'il y a des hauts et des bas. Il est des jours où l'espoir renaît car la médecine n'est pas l'extrême-onction. Les mots obscurs de la thérapie possèdent un pouvoir magique. Exérèse, protocole de Stupp, immunoglobulines… Joe se laisse gagner par leur mystère.

Au gré des nouveaux traitements, la maladie fait trêve.

Dans ces intermittences, le temps est suspendu, comme l'aiguille d'une horloge qui avance puis revient au même point, l'attente étire le temps tout en le retenant.

Son fils ne mourra pas avant lui, le présent ne se peut être celui-là, ce n'est pas l'ordre des choses.

*

La femme a eu aussi le temps de dire à Neilia qu'elle habite le quartier des raffineries, aux marges de Wilmington, que Present a eu très froid au cours de la nuit, qu'il s'est plaint de grandes douleurs dans la poitrine. Il avait beaucoup de mal à respirer.

C'est le froid qui a sans doute réveillé la maladie couvant dans son sang. « Il est *peut-être* atteint de drépanocytose », dit-elle. C'est le terme que cette femme a employé en détachant distinctement chaque syllabe.

drepanê- pour faux, serpe,

-cyt- pour cellule,

-ose pour état.

Pronostic : espérance de vie supérieure à plusieurs dizaines d'années, sous réserve de soins. Cause fréquente de mort : douleurs aiguës dans la poitrine, voire dans l'ensemble du corps.

Cette nuit, le froid a atteint d'autres enfants, affirme cette femme en posant ses yeux sur Beau.

*

Joe devrait savoir que l'ordre des choses peut être détraqué, ainsi que le cycle du temps. Il ne peut concevoir de revivre le passé, quarante ans après. Il ne connaît plus le sommeil.

Mais le mal est implacable, il reprend sa course et ronge de nouveau la cervelle de son fils.

Comment survivra-t-il à la mort d'un deuxième enfant ?

Que sera le présent ?

*

Si la femme a précisé qu'il a *peut-être* cette maladie, c'est parce que l'hôpital ne veut confirmer le diagnostic. Un médecin le lui a dit, inutile de revenir, elle le sait, mais dès que les douleurs se déclenchent, l'enfant étouffe et tremble, il est la proie de convulsions violentes.

Avec la tempête de neige, ils ont été autorisés à se reposer dans un lit vacant. Elle n'aura rien à payer pour ces quelques heures, ni pour l'auscultation et la piqûre. L'argent, c'est aussi ce qui pose problème pour mettre en place le protocole dont l'enfant aurait besoin. Elle n'a pas d'argent, pas assez.

Et sa calebasse n'a pas le pouvoir de guérir. Le médecin se moque de son amulette.

Neilia compte sur Joe. La situation n'est certainement pas sans espoir. Il pourra *peut-être* agir.

Joe s'occupe des formalités… inscrire le prénom de Beau à l'état-civil ; et il a en tête un sujet le concernant lui seul. Il attend un appel, on doit lui confirmer « quelque chose de fantastique » : il se murmure qu'il serait le meilleur candidat à New Castle, une bonne terre pour une première élection à un comté. L'avenir se rapproche à grande vitesse. Il en est si près que ses pensées vont et viennent, il doit se dédoubler entre la naissance de son fils et son destin. Un jour de liesse, deux instants de bonheur se succèdent et le submergent : comment pourrait-il sentir l'imminence d'un malheur ? Une part d'aveuglement au présent entre dans la composition de toute joie.

« Je verrai, je verrai... », répond-il.

*

Joe s'en remet à la science, mais il espère que le doigt de Dieu lui prêtera main-forte et contredira le temps. Il prie.

Beau sait qu'il ne guérira pas. Il est comme le coq de la fable, « tu mourras » résonne dans sa tête malade.

Le mal pousse impitoyablement.

Beau a répété trois fois de suite à son père : « Je sais ce que j'ai. »

Il ne parle pas seulement du glioblastome. Il a compris qu'il va mourir, comme s'il connaissait la date exacte de sa mort. L'herbe verte, les citrons jaunes, les volubilis ne seront plus que de pâles souvenirs quand il n'aura bientôt que les draps blancs d'un lit d'hôpital où poser les yeux.

« On sait tous qu'on va mourir, dit Beau, mais on n'y croit pas vraiment jusqu'à l'heure de notre mort. Moi, maintenant je sais ce que j'ai. »

*

Les symptômes correspondaient *peut-être* à la drépanocytose.

« On ne peut être certain. Et si c'était cette maladie, aucun laboratoire n'a encore découvert le vaccin empêchant d'être noir », avait dit le médecin, sans honte ni retenue, pauvre de compassion.

Il ne craignait pas d'être convaincu un jour d'une faute irréparable.

*

Quand une tumeur commence à pousser à l'intérieur de votre crâne, vous êtes exposé à n'être plus maître de vos mouvements. Vos gestes déraillent à l'improviste. Les objets deviennent des mirages. Le stylo est sous vos yeux, votre main tente de le saisir, il s'évanouit. Et il peut en être ainsi des mots, ils viennent à vos lèvres et, au bord de les prononcer, ils se noient dans votre salive.

Lors d'une sortie au restaurant, Beau s'est levé brusquement au milieu du repas, laissant en plan ses enfants comme s'ils n'étaient pas là. Ils le suivent dehors. Il essaie de forcer la serrure d'une voiture qui n'est pas la sienne.

« La nôtre est plus loin, papa. »

Il regarde sa fille comme s'il ne la reconnaissait pas.

Puis tout lui revient.

Il s'est écoulé quatre à cinq secondes avant qu'il ne se dirige vers sa Chevrolet garée sur le trottoir d'en face.

À ses enfants, Beau racontera plus tard qu'il est le jouet d'un elfe espiègle tapi dans son ombre, sautillant et volant autour de lui.

*

Le temps court si vite, un bout du présent peut s'en décrocher en un tour de main.

Joe veut régler ses affaires dans l'ordre, et dans cet ordre, cette femme et l'enfant viendront après le coup de fil qu'il doit recevoir.

Joe se trouve dans ce moment où la conscience est en alerte, mais se relâche quelques minutes à peine. Une intermittence où l'oubli se glisse.

Quelques minutes, ce n'est pas le diable. Son cœur ne cesse pas de battre pour autant.

*

« Ce matin, Beau a refusé de prendre le volant, rapporte Hallie, sa femme. Il tremblait comme une feuille quand il est passé devant le tableau où les clés sont suspendues. »

Joe écoute.

« Beau est parti à pied. Au bout de la rue, il s'est arrêté puis il est revenu. Il ne savait plus s'il devait aller à droite ou à gauche. »

« Où dois-je aller ? Conduis-moi », a-t-il demandé.

Hallie a pris les clés de la Chevrolet.

« Conduis-moi à pied, a-t-il exigé. Je ne veux plus monter dans ce corbillard. »

Joe reste muet. Se peut-il que la tumeur appuie sur la zone du cerveau où sont logés ses souvenirs ?

Beau ne veut pas se rendre à l'hôpital en voiture, que ce soit en taxi ou avec sa femme. Il ne cède pas. Il veut marcher. Hallie n'insiste pas car elle devine, comme Joe, la raison de cette soudaine phobie.

*

« Que va-t-il se passer, Joe ? Les choses sont trop bonnes », s'inquiète Neilia.

Elle tourne les yeux vers le ciel.

Elle ressent que leur joie est oublieuse et qu'elle diffuse une lumière trop intense. Neilia en redoute la brûlure. Un peu d'ombre serait un bienfait.

Joe continue de faire les cent pas entre la chambre et le bout du couloir.

*

2015

Beau s'est installé sur la banquette arrière.

La radio s'est mise en marche instantanément. Ike Turner chante « Rocket 88 ».

« Éteins s'il te plaît, ce type me casse la tête », demande-t-il à Hallie.

Durant le trajet, il se plaint de la moindre secousse. Il lance des invectives. L'une est pour sa femme. Un méchant mot. Il ne l'avait jamais insultée jusqu'à ce jour.

Avec la maladie, Beau devient de plus en plus irascible. Son comportement, pense-t-elle, a aussi probablement à voir avec ses souvenirs.

*

1969

Beau est né, mais les pensées de Neilia sont sans cesse tournées vers cette femme et son enfant.

Comme si elle avait mis au monde une deuxième fois.

Elle ne sera pas tranquille tant que Joe ne reviendra pas avec une nouvelle qui lui ôte ses craintes.

Quelque chose en elle résiste à l'insouciance.

Joe s'agace de son insistance. Il évite ses yeux et regarde le mur.

Puis il rapproche une chaise et lui prend la main. Que va-t-il lui dire ?

« Mais qui est cette femme ? Et d'où vient-elle ? »

« Anansi, son nom est Anansi, appelle-la Anansi, répond Neilia. Et son enfant s'appelle Present », ajoute-t-elle.

Joe essaye de se représenter leur visage.

Il essaie…

5

Anansi

Washington
1968

Nina Simone,
Blackbird

Quelques mois plus tôt, Anansi était arrivée à Resurrection City avec peu, juste de quoi tenir une poignée de jours. Le mot d'ordre était de ne pas se séparer après la marche dans « D.C. », mais de prendre racine aux abords de la Maison Blanche.

Marcher n'était plus assez pour marquer les esprits.

Peupler les rues de Washington, reprendre en chœur les slogans, agiter des banderoles, tout cela ne durait qu'un jour. Le gouvernement attendait que passe l'incendie, les traces étaient effacées dans l'heure par les engins de la voirie. Sitôt dispersés les militants, ces marches se révélaient de trop petits pas.

Cette fois-ci, on ne se contenterait pas de surgir au petit matin pour disparaître au coucher du soleil comme un bouton de fièvre. La nuit, le combat continuerait, la ferveur s'entretiendrait autour de grands feux, à portée du cœur battant du pouvoir, et le lendemain la même journée pourrait se reproduire, on gronderait encore plus fort dans les tympans de ceux qui se bouchaient les oreilles, et il en serait ainsi de chaque nouvelle aube pendant le temps que le siège tiendrait.

Resurrection City était née.

Comme beaucoup de ses compagnons de lutte, Anansi partait en campagne, au demeurant sans rage. Enivrés des fleurs de l'insouciance, les chants explosaient de cette ardeur qu'avive l'espoir.

*

Rien ne ferait plus plaisir à Beau qu'une brassée de fleurs sauvages.

*

Anansi avait-elle toutes les raisons du monde de se joindre à cette révolte ?

Abandonnée à sa naissance, elle était apparue sur le seuil de Nazareth Church, avec pour unique trousseau une moitié de calebasse accrochée au cou, unie par un ruban à un morceau de peau, du cuir, roulé comme un parchemin.

Elle échappa toutefois à ces orphelinats qui sont des prisons où s'engendre le malheur. Malgré sa chair dépigmentée qui en eût effrayé plus d'un, elle avait pu être placée dans une famille d'accueil de la ville.

C'est une vieille femme d'Alexandria qui la recueillit, une institutrice, privée d'enfants par le décès précoce du mari, entourée de chats, de gros chats, dont les pattes s'enfonçaient toute la journée à l'aveuglette sur les touches d'un piano. La veuve avait excellé dans cet art, mais elle le laissait désormais à ses bêtes, se plaisant à écouter les airs nés de leur va-et-vient sur le clavier. Quant à Anansi, jouer lui était interdit.

La veuve ne brûlait d'aucun zèle maternel. Les premières années, elle se fit aider d'une nourrice. Un nouveau-né était d'un poids trop lourd pour cette femme frêle. Elle ne portait que des chats, seules créatures auxquelles elle réservait son affection. Dès son plus jeune âge, Anansi assimila qu'elle devait éviter de se frotter à ses jupons : son enfance fut sans amour.

Une bible dorée reposait au chevet de la veuve, mais c'était là un ornement, ainsi de ces crucifix qui meurent aux murs sous un gui pétrifié. Elle avait pratiqué autrefois, et tout au plus empruntait-elle à ses vieux restes de religion ce peu de règles donnant un tour monacal à une maisonnée.

À la mort de la vieille femme, il n'y eut rien pour Anansi. Toutes ses économies furent captées par d'autres mains, paraît-il, pour les déshérités et un peu pour les chats. Un notaire s'affaira pour qu'il en soit ainsi et trouva à s'arranger avec la loi. Ce patrimoine ne pouvait échoir à une jeune Nègre, même si sa chair se décolorait et tirait sur le blanc.

Elle n'avait pour tout bien que la calebasse, et son bout de peau.

Anansi atteint ses vingt ans avec un autre héritage. Tout au long de ces années, la veuve lui prodigua une instruction de son cru qui l'enferma dans le triangle de trois exigences : apprendre à écrire, compter et coudre.

Lorsque la journée était belle, une fois franchi le jardinet aux herbes mâchées par les chats, Anansi avait la permission de se rendre au phare désaffecté de Jones Point. Elle revenait avec une brassée de blanc cornouiller qui ravissait secrètement le cœur de la veuve. Cette cueillette, elle l'écourtait à mesure qu'elle grandissait. Dans sa solitude, elle préférait désormais le plus souvent lancer des cailloux dans la rivière sur des bateaux imaginaires, en tournant sur elle-même comme la lumière ravivée du phare.

Dans le quartier, Anansi n'avait pas à endurer de regards malveillants. Élevée par une femme respectée, on lui fichait la paix, sa moitié de couleur de peau était vue comme une fantaisie de la nature. On répondait à son bonjour, et les parents sermonnaient leurs rejetons s'ils entendaient la moindre méchanceté. Ils ne devinrent pas pour autant ses camarades de jeu. Lorsque Anansi venait retirer des provisions commandées par la veuve, l'épicier la tolérait sur le seuil de sa boutique.

En ce monde, sa différence, synonyme de malédiction pour tant d'autres, lui apportait somme toute de la tranquillité. Elle n'allait pas à l'école pour jeunes filles blanches, tant mieux. Sa solitude en aurait été plus grande. S'y seraient ajoutées les bassesses. Quant à fréquenter une école « colored », cette idée n'effleurait pas la veuve, ses vues ne s'étendant pas jusqu'à replonger sa jeune protégée dans le milieu d'où ses mains bienveillantes l'avaient extraite.

*

Un jour, l'institutrice releva que les sorties d'Anansi duraient plus longtemps qu'à l'accoutumée. Elle la suivit et, lorsqu'elle la découvrit nourrissant une nichée de petits chats, aspirant du lait dans une paille pour le laisser couler sur les minuscules langues, elle fut au bord de la prendre dans ses bras. Sous deux chatons écaille de tortue, un troisième se distinguait par son pelage entièrement blanc.

Cette scène émut l'institutrice au centuple, de ces émotions qui perturbent l'entendement et font jaillir des idées folles. Pendant plusieurs jours, avec l'aube, son regard sur Anansi se peignait de nuances, comme si un esprit malin s'ingéniait dans le lever du soleil à mettre sur ses idées un coup de pinceau d'une couleur différente. Il en fut ainsi les matins suivants, jusqu'à la fin tragique des trois chatons.

Car le joli conte s'acheva dans le sang.

Une semaine plus tard, l'aurore s'était révélée cruelle. La portée était étendue sur une assise de pierre. Deux trous leur faisaient deux taches sur le cou. Ils n'avaient pas été abattus pour être dévorés. Mise à part la blessure mortelle, ils étaient entiers. On aurait pu les croire pris de ce sommeil lourd qui saisit les jeunes chats. Le chaton d'un blanc pur était désormais d'un vif rouge.

Cette perte mit Anansi au désespoir, un désespoir qui lui parut sans fin, de ce désespoir qu'ont les enfants confrontés à la cruauté du monde pour la première fois. L'institutrice fut tout autant meurtrie. Elle songeait à ces chiens sauvages de la lignée des dogues élevés pour la chasse au Nègre. Certains gîtaient encore dans les replis d'Alexandria, traquant des proies avec le seul goût de tuer.

Ce dénouement pénible, pour ne pas dire cette injustice (elle s'interdisait encore cet abus de langage), éveilla la vieille femme à d'autres sentiments vis-à-vis d'Anansi. « Fi des travaux d'aiguille », lança-t-elle un matin au soleil dénouant ses rayons dans les plis de la brume.

Le massacre des chatons eut ceci de bon que leur mort mit fin aux besognes ingrates. Désormais, la veuve délogeait ses chats s'ils s'aventuraient sur les touches. Elle s'institua son professeur de musique.

Il y eut aussi ce drôle de fait : du fond d'un tiroir, elle ressortit la calebasse ainsi que le morceau de peau et les suspendit au cou de son élève comme un collier de charmes. Tout art ne s'exécutait pas sans un talisman répandant son pouvoir de note en note.

Lorsque les doigts d'Anansi couraient sur l'ivoire, le sombre des mains s'effaçait dans le regard de la veuve. Mieux, elles s'accordaient aux tons blancs et noirs des touches, la grâce des harmoniques l'emportait, des notes ardentes embrasaient son jeu, un feu remontait d'un fond de fureur, la fureur d'une autre. Anansi semblait se délivrer d'une colère qui ne lui appartenait pas. La veuve n'y entendait que mélancolie. *La souffrance d'être noire*, pensait-elle. Ces accents de douleur se prêtaient admirablement à un lied de Schumann* dont elle raffolait.

Anansi enchaînait les gammes du matin au soir. Elle jouait à s'en brûler les doigts, recevant rarement un coup de baguette aux fausses notes. Elle possédait une mémoire innée, l'oreille absolue, ce qui n'empêchait pas la veuve d'être intraitable avec elle, ne tolérant aucune absence, la cinglant à la moindre faiblesse,

---

* *Hör'ich das Liedchen klingen*, extrait du cycle *Die Dichterliebe*.

comme si elle la corrigeait d'une erreur maintes fois répétée.

Ce régime dura plusieurs années. La jeune femme devint une virtuose accomplie.

Quand la veuve jugea qu'elle était enfin prête, elle la présenta au concours du Curtis Institute of Music. Anansi y joua le lied et son interprétation surpassa de loin toutes les autres. Elle fut applaudie à tout rompre, même les profanes perçurent qu'ils assistaient à un prodige, aussi étrange que sa chair à moitié noire et à moitié blanche.

Son jeu fut inégalé ce jour-là, mais le miracle ne se produisit pas, le jury la recala. Anansi fut la seule à ne pas être admise.

Lorsqu'elles revinrent de Philadelphie, le piano fut repris par les chats, les partitions mises sous clé. Les travaux de couture recommencèrent. Des notes apprises, il demeura le ruban où s'accrochaient la calebasse et sa peau.

Comme Anansi atteignait l'été de ses dix-sept ans, la veuve envisagea de la placer en apprentissage dans une mercerie du voisinage. Elle essuya de nouveau un revers. La couturière était d'une vieille lignée de Virginie, issue d'une roture écossaise, avec pour ancêtre un *crofter** des Highlands, un miséreux ayant fui la famine, juste bon à retourner la terre, frappant aux portes des mansions de la baie de Chesapeake pour un emploi de tâcheron. Sans sa femme, il n'eût jamais gagné sa place dans le Nouveau Monde. Dans le faste du *Gilded Age*, l'éventaire de son épouse avait prospéré

* Petit paysan.

sur les berges du Potomac où les crinolines se pâmaient de l'envol des aigrettes. Une pimbêche s'était entichée d'un duvet ornant un vieux caraco conçu par ses doigts de fée à partir d'un reste de plumes perdues par un balbuzard épiant l'écume du fleuve. Le goût s'en était répandu et la mercerie fut ainsi lancée pour un siècle.

La couturière qui refusa Anansi se vouait toujours aux élégantes, comme naguère, et s'appliquait à perpétuer la grâce de leurs épaules laiteuses. C'était un sacerdoce, difficile à exercer, l'art du beau rendu étant de moins en moins recherché en ce monde. Combien de clientes demandaient encore qu'elle chiffrât une étoffe avec ces points de plumetis ayant fait la fortune de ses aïeules ? Lorsque la veuve proposa les services d'Anansi, la couturière sut qu'elle l'éconduirait. Dès qu'elles franchirent le seuil, la machine à coudre s'était aussitôt enrayée, une laine brune envahissait le plafond, des reps de soie voletaient sur les œufs à repriser.

La couturière ne laissa pas la veuve sans solution. Sa devanture lui donna l'idée. Sur une affiche, une femme tendait fièrement une jambe dont la blancheur disparaissait sous un collant DuPont. « Ces bas qui ne s'effilent pas », comme le vantait le slogan, pénétraient chaque foyer du pays depuis les usines de Wilmington : on y recrutait toujours plus d'ouvrières.

La veuve suivit le conseil. Elle rédigea une de ses plus belles lettres en jurant sur la sainte patronne des fileuses qu'Anansi avait reçu la meilleure éducation qui soit. Pour produire du bas nylon, DuPont n'en exigeait pas tant. Il suffisait qu'Anansi possédât deux mains. Elle fut embauchée dans le département du contrôle « qualité », là où on étirait chaque bas fabriqué à la chaîne pour vérifier qu'il ne se déchirât pas.

Elle quitta donc Alexandria pour le Delaware.

*

Rien ne ferait plus plaisir à Beau qu'une brassée de fleurs sauvages.

*

Pour Anansi, rejoindre Resurrection City, c'était revenir au plus près de la ville où elle avait été abandonnée.

Partis de Wilmington, ils étaient une petite troupe qu'elle connaissait à peine. Elle s'y rallia quelques jours après avoir lu ce tract sur la campagne pour les pauvres. Ce fut la main d'un jeune Blanc engagé qui le lui remit à la sortie de l'usine avec une rose ôtée de ses épines.

« Pourquoi moi ? » lança-t-elle au boutonneux.

« Noire, répondit-il, ouvrière... et femme... », égrena-t-il d'une voix plus faible, honteux d'avoir eu à formuler ce qu'un homme ne devrait pas avoir à dire. Il fit une remarque aimable sur la calebasse qu'elle portait au cou.

Elle prit le tract et laissa la fleur.

Elle avait hésité d'abord.

Pouvait-elle partir ainsi ?

Washington était si proche, et le combat à portée de train. Quant à l'abri et aux repas, ils seraient fournis sur le campement. Elle se décida à rejoindre les sympathisants, exaltés de se retrouver en gare de Wilmington au premier départ du jour.

Passé Baltimore, ils avaient aperçu la carcasse jaune des bus scolaires en enfilade sur des kilomètres le long de la Patapsco, une armée en mouvement.

Toutes les routes menant à Washington débordaient en chemin de partisans toujours plus nombreux, de longs convois montés du Sud, certains interminables, formés l'avant-veille au Mississippi, mais il y avait aussi ceux de Chicago et Boston, ou encore du Midwest, de San Francisco, de Seattle : des marées de pauvres sortis de l'ombre.

Ce qu'Anansi avait redouté se produisit : la démesure de cette foule l'écrasa. Elle désira mille fois revenir en arrière.

Cette cohue lui fit perdre conscience d'elle-même au point que les événements de cette journée l'effleurèrent. Elle se maintint debout et défila, somnambule en pleine lumière, les yeux ouverts mais sans vie. Elle mettait un pied devant l'autre machinalement, comme si une main tirait les fils qui la remuaient, ignorant jusqu'aux êtres qui l'entouraient, eux-mêmes ne s'inquiétant guère des têtes hagardes et des natures étranges forcément pêle-mêle dans le cortège. N'était-ce pas pour ces fleurs piquant du nez qu'on se dressait aujourd'hui ? Anansi tint sur ses jambes par la grâce du coude à coude des uns et des autres, et du mouvement très lent que la masse imposait. Elle s'agrippa tout le jour à sa moitié de calebasse. C'est par ce geste qu'elle revenait en elle quand elle se sentait faiblir. Les notes apprises la remettaient debout.

Tout le monde avait faim et soif d'illusion. C'était une campagne pour les pauvres. Le pain serait donné le soir même sur le campement.

En épilogue de cette marche, elle eût été incapable de raconter qu'elle avait déambulé des heures dans les rues de Washington au milieu d'un peuple d'éclopés, de clochards et de chômeurs.

*

Joe et Jill s'attristent sur la balancelle de la véranda. Dans le redoux de l'hiver, le soleil de midi les réchauffe.

« Une brassée de fleurs sauvages, c'est ce que Beau aimerait en ce moment. Des fleurs… », répète Joe.

Il garde foi en la rémission de Beau, cette foi doit rester intacte, s'affermir, grandir même. C'est elle qu'il oppose à la mort à mesure que le germe – blástê – *croît.*

*

Au déclin du jour, les ormes ajoutèrent leur muraille noire à l'obscurité, contrariée cependant par les flambées incendiant la vaste clairière de National Mall. Un jour inaugural ne se célèbre pas sans allumer de grands feux. Seize acres s'embrasèrent sous les vivats.

Anansi se réveilla, étendue sur un lit de camp, son sac en guise d'oreiller, à l'intérieur d'une tente triangulaire. Les heures passées ne lui avaient laissé aucun souvenir. Lorsque la foule s'était éparpillée, quelques bras secourables l'avaient portée dans ce qui serait désormais son gîte, là où des centaines de toiles blanches avaient été levées.

Puis, quelque chose comme un éclair surgit sous la tente : un pan se souleva, une ombre s'effila dans les flammes qui se lançaient de toute part, et au cœur de cette ombre une bouche inamicale réclamait à grands cris. À boire… Du whiskey, de la bière, de l'alcool frelaté, n'importe quoi qui abrutisse et épuise.

« Des sacs à gnôle de tous les côtés, et pas une seule bouteille à donner, ils m'ont tout juste laissé une gorgée. »

Une torche se fixa sur la calebasse d'Anansi, et dans la pénombre, elle distingua une chevelure en cascade.

Une voix hostile s'adressa à elle.

« Voleuse, d'où te vient ce collier ? Qui es-tu, toi ? »

La toile se releva, un homme apparut et s'adressa à Anansi.

« On te présente ta nouvelle amie ! Et toi là-bas, n'oublie pas ton enfant dans l'herbe ! »

« Je m'appelle Inaya, Inaya, Inaya, brailla mauvaisement l'innommée. Vous m'entendez ? Inaya, je m'appelle Inaya. Je le répéterai combien de fois ? Inaya, Inaya, Inaya ! »

L'homme ricana, d'autres s'esclaffèrent dans son dos. La harpie leur répliqua en jetant sa torche à travers la tente. Les rires s'en retournèrent à leur sabbat. La lumière se brisa dans le vide.

La voix explosa une dernière fois.

« Et toi qui es-tu ? Ton nom ? »

*

Beau est allongé dans la salle de l'IRM, pour de nouveaux clichés de son cerveau.

Le manipulateur commence par vérifier son identité. C'est la procédure.

Il demande son nom.

Il s'assure ensuite que sa tête est placée comme elle doit l'être sur les cales en mousse et il lui propose un casque antibruit qui peut diffuser un morceau de son choix.

Beau préfère les bouchons d'oreille.

« Pas de musique », répond-il sèchement.

Se peut-il un jour qu'il oublie jusqu'à son nom ? Avec ce mal, tout est possible, même l'impensable.

*

Qui était-elle ?

Qu'aurait-elle pu dire ?

Parler de son existence par trop recluse ? La belle tragédie ! Séparée des autres enfants, avec des chats pour seule compagnie ? Les jupes étouffantes d'une vieille femme ? Pour jeu, des points de croix qui lui piquaient les doigts ? Nulle chamaillerie avec des sœurs complices ? Les heures à répéter les mêmes notes parce que la veuve croyait entendre un son impur ? Le pied de grue à l'entrée de l'épicerie à deux pas de bonbons interdits ? Les promenades solitaires au phare ? Les chatons égorgés, le sang et ses larmes ?

Quels avaient été ses malheurs à elle ? Des peines si dérisoires pour résumer sa toute petite existence. Qui était-elle ? Comment parler devant la douleur de cette femme ? De sa moitié de couleur… Ses tourments avaient été insignifiants, tout au plus quelques amertumes ; les eût-elle exprimées qu'elle en aurait éprouvé de la honte. Et même la tristesse que lui causa longtemps le souvenir de ses chats morts lui était devenue indécente. Comment se dire à partir de ces ridicules ? Et porter le noir.

Porter le noir... Porter le noir, porter le noir... Comment s'approprier cette couleur tout entière ?

*

Lorsque les feux s'éteignirent et que la nuit régna enfin, Anansi se hasarda à sortir. Ses pieds se prirent dans un réseau de cordelettes, invisibles entre les fleurs sauvages.

La tente était dressée aux confins de National Mall, en ce point où la terre s'arrête et où commence le Potomac. Elle sonda l'obscurité, mais elle ne put rien voir, ni du fronton abritant Lincoln ni de la pointe éloignée de l'obélisque.

Elle renonça à explorer les alentours.

Lorsqu'elle revint dans la tente, Inaya braqua sa torche sur elle.

« Qui es-tu ? »

Anansi releva la tête. Elle fit face à l'intense lumière et à son tour, elle osa.

« Et toi, Inaya, quelle est ta vie ? »

*

« Pas de pacemaker, pile ou valves cardiaques, stents ? Pas d'appareil dentaire ? Pas d'implant auditif ? De clip

intracrânien ? Vous n'êtes pas claustrophobe, sujet aux œdèmes de Quincke, diabétique ?... »

Beau n'écoute plus ces questions rituelles du manipulateur : il a déjà répondu des dizaines de fois.

« Non, non, non... »

Il n'est qu'une seule d'entre elles à laquelle il prête l'oreille.

« Pas d'éclats métalliques dans les yeux ? »

Il ne répond pas. Beau sait que quelque chose de l'accident séjourne dans ses yeux.

Le manipulateur le surveillera sur un écran durant toute la durée de l'examen. Beau peut aussi parler et appuyer sur une sonnette dès qu'il le souhaite. Il devra rester totalement immobile, parfois retenir sa respiration.

« En quelque sorte, faire le mort », commente Beau.

« Détendez-vous, on a tout notre temps », a répondu le manipulateur.

Beau a vu ce que chacun voit en pénétrant dans le tube. Il serre les poings.

La sagesse vient-elle avec la mort ? *se demande-t-il.*

« Ne respirez plus quand viendra une lumière blanche. »

*

Inaya, dans la lumière, c'était un regard de possédée, une bouche tordue, un teint de cendre.

*

« Ma vie ? Elle me brûle le sang, mon sommeil est mort, ma vie, c'est une eau qui sent la boue, des cheveux sales de misère, toujours le même linge puant, il n'y a pas de ciel où j'habite, sauf la pitié des passants ne donnant jamais, un rayon glisserait-il qu'il m'apporterait encore de l'ombre, tout s'éteint sur moi, la saleté sur mon corps, tu ne la vois pas ? Moi, je la sens chaque seconde, la misère, elle me détruit de l'intérieur, et il n'y a pas que ma misère, il y a celle dans l'œil des autres, la noirceur, c'est tout ce qu'ils me donnent, de la boue, j'en suis malade, je vis de leur nausée, au ventre, les injustices, tous ces témoins sans lèvres, ni langue, ils ont pourtant les yeux si grands ouverts, que font-ils de leurs yeux ? Je voudrais leur arracher, je suis devenue haine. Ma vie, ma torture, c'est de ne plus aimer, mon cœur ne bat plus, bientôt morte, je suis boue, j'ai mangé plus de terre que de viande. Et ce gamin ? Quelle vie pour lui avec moi ? On ne veut pas de nous ensemble ! Je leur fais peur, je suis une araignée, on veut m'écraser. Mon enfant ? Aussi maudit que moi. Il mourra pour que j'aie mal. Ce n'est pas sa souffrance qu'ils recherchent, c'est la mienne. Car on me veut tout entière, jusqu'au sang de ma descendance, c'est pour ça que je saigne sans arrêt, on veut tout mon sang, je ne veux pas être mère, la joie est partie, mes seules chansons sont pour pleurer et me soûler, et il y a bien ceux qui voudraient fouiller mon cœur, jamais ils ne l'auront, j'ai les seins trop gros de hargne. Qu'ils osent porter leurs doigts dessus, je leur tordrais les poings, j'aimerais les entendre geindre, leur faire connaître le goût des clous. J'ai été cent fois battue, je suis vaincue, la terre penche, j'ai peur de la vie, j'ai peur de la mort. C'est ça, ma vie. Me donner encore à la vie ? La veux-tu ? Et lui avec ? Je te donne tout ! Ma peau avec ! Prends tout ! Ce tout, c'est rien du tout ! Chaque jour, je suis plus maigre, mon corps disparaît, prends le peu qui reste ! Et ne pleure pas pour moi, garde tes larmes ! Tu en auras besoin, ce sont elles qui nous gardent. Et cet enfant ? Mon cadeau, ton présent ! Libre à toi ! Fais-en ce que tu voudras ! »

*

Je porterais un sac d'étoiles, mon âme donnerait des fruits et rendrait les choses plus gaies. Je serais faite d'espoirs, ma calebasse en regorgerait,
je tomberais,
je me relèverais,
je recommencerais.

Dans la poche d'Inaya.

6

Inaya

Ghana
1962

« Il n'est rien de si beau que ce qui n'existe pas »
Paul Valéry, *Au sujet d'Adonis*

Inaya est née à Keta au Ghana, dans un village de pêcheurs que les marais de Fort Prinzenstein n'ont jamais repris à la mer. Les maisons se font oublier des vagues, quoiqu'elles soient blanches d'écume : leur coque de sel les protège du temps. Depuis le lointain, le ciel rejoint la ligne d'azur que dessinent leurs crêtes recouvertes de carcasses de crabes bleus. Ces maisons jouent de deux mondes, aux confins de la vie et de la mort, échouées sur la grève, se roulant dans les flots. Un bras d'eau les sépare d'une forêt et les suspend sur l'Océan, elles reçoivent la lumière des arbres, mais aucun bois ne prend racine dans ce monde. L'air sent l'algue et la terre mouillée. Des tempêtes ont laissé des trous sur les façades. Dans ces plaies coulent l'embrun et aussi le sable, se soulevant sans répit dans une fuite éperdue. Les murs se sont écroulés, ils ont été relevés et réparés, ils tiennent, même s'ils semblent des ruines. Passé la tristesse des brumes, l'âpre soleil les a durcis. De loin, les maisons se repèrent à peine, elles tremblent sur la mer, elles sont faites d'ombres et d'on ne sait quelle matière. Au bord de s'effondrer, elles résistent. De leurs replis, on a vu les navires d'esclaves se perdre dans l'horizon, leurs carènes battre les lames, les voiles s'enfler de cris, et sombrer tous les naufragés, tous. Les cauchemars s'y sont épuisés. Les maisons, elles, sont debout. S'y serrent pour l'éternité les tonneaux toujours pleins de trop peu, surtout de mer, les cordages en bataille et les barques de mauvaises planches.

À Keta, Inaya devait supporter des douleurs atroces dans ses os. Chaque jour, ils éclataient. Pas une journée ne passait sans qu'un supplice la broie, à vouloir se tuer. Mais mourir pour se livrer à quelle puissance ? Au ciel ? À la mer ? À la terre ? D'où était-elle ? Et même morte, ses douleurs auraient-elles disparu ?

Au village, l'autre nom d'Inaya, c'était *Oiseau blessé*. Depuis sa naissance, elle ne connaissait que les larmes.

« Une force l'appelle, ont dit les anciens. Une part de son âme est ailleurs. Son mal remonte au temps des voleurs de corps : une mère et son enfant ont été arrachés l'un à l'autre. Leur histoire, c'est leur âme. Et la nôtre, à tous. Le passé a éclaté, ses traces se sont perdues, les restes doivent être réunis, ils errent dans les labyrinthes. Elle ne peut vivre dans le présent… Que les cœurs s'apaisent. »

Inaya s'appelle *Oiseau blessé* car Sankofa a été aperçu au-dessus de l'Océan dans une coulée de minutes précédant sa naissance. Un ancien l'a reconnu car Sankofa est toujours à regarder derrière lui, même en plein vol. Il ne veut voir que le passé. Une plume s'est détachée, a virevolté entre les nuages et a choisi le berceau d'Inaya. Le vent portait Sankofa depuis Fort

Prizenstein où des hommes ont été enfermés jadis. Les pleurs d'Inaya, ce sont les leurs. La douleur des captifs a trouvé refuge en elle. Sankofa attendait Inaya : il lui a confié un sac de larmes, *Oiseau blessé* le gardera pour le compte de tous. Le Grand Être en a décidé ainsi. Les places sont assignées.

« Une part de notre âme est partie loin de notre chair, il n'y a qu'Eux et Inaya qui nous aideront à la retrouver. »

Eux ? Des vestiges. Un mois plus tard, les femmes partirent les chercher sur le haut plateau à trois jours de marche du village, là où tout avait commencé. À leur retour, Eux, on les noua autour du cou d'Inaya au bout d'une cordelette. Eux, c'étaient une calebasse brisée en deux, ainsi qu'un fragment de peau pris sur une chèvre qui rendait l'âme dans l'ombre d'un acacia, un morceau de chagrin, aux dimensions de son cœur, une peau brune d'un côté, blanche de l'autre.

« La calebasse se reformera, elle sera entière. Alors l'histoire se poursuivra car elle pourra s'écrire sur la peau. Le Repos et la Sagesse viendront. »

Dans cette attente, le temps s'écoulait, à redouter la crise qui tuait Inaya chaque jour, quelques minutes. Car chaque jour le combat reprenait, la souffrance ; elle mourait, elle vivait l'expérience de la mort. Son corps était écartelé, sa chair se déchirait, ses os se brisaient. Rien ne trompait plus l'angoisse de la douleur : sur la mer, *Oiseau blessé* n'était plus capable de prêter ses bras au relèvement des filets. Quant à les démêler, ses mains tremblaient et s'empêtraient dans les nœuds innombrables. Son être craquait, membre par membre. C'en était trop.

Puis Maya est venue, une étrangère, avec des cheveux accrochant tout ce qui les effleurait. Elle parcourait le pays depuis quelques mois, son voyage s'achevait. Mais avant de repartir pour l'Amérique, elle avait décidé de se perdre le long de l'Océan et de l'entendre se rompre, une dernière fois. C'est ainsi qu'elle trouva le village, au bout d'une lignée de meulons de sel. Elle avait l'espoir de quelque étrangeté, quoiqu'elle ne se le formulât pas ainsi.

Et peut-être de découvrir ce qui n'existe pas, ce qui n'existe pas… Un songe dans une main ?

Et sa peau avait parlé, oui, sa peau. Elle avait parlé. Des paroles pour Inaya.

*

Maya, tu as écrit l'insensé : à Keta, des femmes ont reconnu en toi des disparus.*

Beaucoup crièrent au délire. Cela ne se pouvait.
Des mots te sont venus, pour ce qui n'existe pas,
De mains s'abîmant depuis trop longtemps.
Un songe.

*

Celle qui la reconnut d'abord, ce fut une vieille femme. Elle vivait dans une maison surplombant un escalier de

---

* Maya Angelou, *Un billet d'avion pour l'Afrique.*

bois et de galets gris qui menait de la route au marché du village. Dès l'aube, elle se plantait sur une pierre devant son pas-de-porte et se tassait dans l'ombre des nasses en se mettant en peine de les tricoter jusqu'au soir.

Maya ne remarqua pas tout de suite la vieille femme car elle était dissimulée par des tiges de songe, du taro. Sur une marche ensevelie, son pied trébucha. La faute à la maille d'un filet que des doigts secs arrangeaient sur un ventre gonflé. Une chevelure mangée de sel faisait des fils gris qui se relevèrent pour dégager des yeux brûlés… Ils ne distinguaient pas plus le jour de la nuit. Pourtant ils s'écarquillèrent, et des paupières clignèrent comme si les prunelles voyaient ; ce qui n'existe pas.

Mais le regard blanc ne s'emplit pas de la couleur du ciel, de la mer et des reflets perdus. Les yeux s'ouvrirent parce qu'une présence y mettait des larmes, et une chose qui avait existé. La vieille femme pleura à seaux, et sa voix s'éleva, de plus en plus forte. Puis elle écarta les nasses d'un revers de bras, se dressa brusquement contre le soleil et jeta ses mains dans les cheveux de Maya, comme s'ils étaient un filet entortillé sous une nappe de sable.

Elle fouilla.

Ses doigts semblaient buter sur quelque nœud. Elle les laissa ensuite aller sur le visage de l'étrangère et s'y attarda. Ils avaient trouvé ce qu'elle cherchait.

La vieille femme parla.

Et Maya ne la retint pas de lire sur sa peau avec ses mains, car elle comprit que la tricoteuse s'adressait à ce qui n'existait pas, qu'une deuxième femme reconnut, puis une troisième, et d'autres encore qui virent ce qui n'existait pas : Maya avait les traits de leurs disparus. Elles l'interrogèrent. Que voulait-elle ?

Elle répondit qu'elle ne comprenait pas leur langue. Aux accents de sa voix, elles s'exaltèrent et pleurèrent toutes : l'étrangère était leur sœur, fille comme elles d'une disparue de l'Océan, arrachée de force à Keta à l'époque des voleurs de corps. Effarée, Maya se tut. Les larmes se ravalèrent car le silence libéra des paroles qu'elles seules perçurent, et ces paroles disaient à Inaya que le temps était venu de quitter le village.

*

Maya, tu as écrit l'insensé : la voix des disparus, tu l'as reconnue à ton tour.

Ton cœur, ton sang battaient d'autres palpitations,

Tes mains, ta peau ont laissé des mots pour ce qui n'existe pas,

Par un chemin souterrain ;

Une aile les a élevés au-delà de la conscience, de la terre et de l'Océan.

*

Maya repartit avec un panier rempli de racines de manioc, de taros amers et d'un carré de sel. Elle laissa cent fois le prix qu'il coûtait. C'est avec cet argent qu'Inaya a pu partir. Les maigres économies du village ont payé le reste, un logement, de quoi vivre plusieurs semaines, et des médicaments pour la soulager de ses douleurs, même s'ils ne pourraient jamais remplacer la part disparue de son âme.

À l'aéroport d'Accra, Inaya serra fortement sa calebasse, ainsi que les anciens l'avaient exhortée à le faire, de même qu'elle devait veiller à ce que sa peau demeurât enfouie au fond de son sac. À partir de cet endroit, on se moquerait, on les tiendrait pour des amulettes.

Les portillons menant à la salle du départ s'ouvraient sur des couloirs toujours plus blancs. Et dans l'avion qui l'emporta, cette blancheur était encore là.

Pendant les quelques heures où il n'y eut que le ciel, le vertige du vide l'avait saisie. Le temps et l'espace s'étaient défaits, sa terre avait lentement disparu à mesure que l'avion pénétrait dans les nuages. Une première secousse l'effraya, suivie d'autres qui revinrent tout le long du voyage. Elle redouta qu'une crise ne démette de nouveau ses os.

Était-ce là la fin de son monde ?

Une fois passé ce tunnel blanc, le bleu du ciel était dépeuplé, d'une pureté inquiétante, nul oiseau ne le traversait.

Les cahots l'avaient ballottée jusqu'en Amérique.

*

Inaya vivait aux marges de Washington, à Anacostia, où la misère ne sautait pas à la gorge mais se révélait chemin faisant. L'époque où cette ville avait été florissante n'était pas si lointaine : subsistaient des arbres glorieux et des petites maisons colorées entourées d'une herbe drue poussée dans la tranquillité des jours.

Aucun hôpital n'a su apaiser son mal. Sans la guérir, l'unique remède, c'étaient des médicaments, toujours plus. L'argent a fondu, son existence a tourné en vie de misère, avec les douleurs qui sont revenues, plus intenses. Les pilules sont devenues un poison plus implacable que la maladie. Inaya s'empoisonnait, et ses os continuaient de se briser.

À Anacostia, l'abandon se repérait aux volets à la diable refermés sur les façades, à peine entrebâillés par quelques mains dissimulées. Les charnières rouillées de solitude grinçaient. Des mines furtives s'abritaient clandestinement à l'intérieur de ces maisons sans feu.

Les herbes envahissaient, elles étreignaient la rue, à ce point où on les dit folles. Elles s'enflaient de la houle. Les fleurs étouffaient, seules les orties survivaient. Les ronces rampaient et donnaient chaque jour un peu plus d'épines. Le petit peuple hantant ces alentours avait d'autres soucis que d'entretenir cette terre et de s'y ouvrir des chemins.

Pour autant, Anacostia possédait encore une grâce, des êtres comme Inaya s'y fixaient.

Son pécule avait fondu en peu de mois. Elle vivait désormais de l'aide sociale et de dons en nourriture. Avec le soutien de Bread for the City, elle pouvait se procurer des médicaments, son principal aliment, mais souvent elle ne mangeait rien, car les bénévoles n'avaient pas assez pour donner à tous.

Inaya allait sans cesse se cognant. Elle ne trouvait pas l'autre moitié de son âme. Les mois se traînaient.

*

« Quels souvenirs le mot ville vous évoque-t-il ? lui demande le neurochirurgien. Énumérez-moi simplement

les mots qui vous viennent, sans réfléchir, quatre ou cinq, pas plus, sous forme de liste. »

Beau réfléchit, le neurochirurgien le presse de se lancer. « Allez, sans réfléchir, ce qui vous vient, là, tout de suite. »

« Pierre, lumière, maisons blanches… », répond-il.

*

Puis il y eut cet homme. Il l'aborda lors d'une nuit où elle n'avait jamais supporté sur elle autant de regards hostiles. Inaya s'était prêtée à sa cour. Sans qu'elle s'en rendît compte, ils se rapprochèrent de Cedar Hill par un menu pas de danse, au bas de cette colline où demeurait le sage d'Anacostia*. Ils s'étaient d'abord allongés côte à côte et mâchèrent un brin d'herbe. La pelouse était douce, il avait tourné ses doigts dans ses tresses, elle avait été prise de frissons, ses os se réchauffaient. Mais lorsqu'il s'était étendu sur elle après avoir ouvert son kenté, ce poids l'écrasa. Son ventre craqua. Le cœur d'Inaya s'était serré, elle n'avait pas consenti.

Elle le mordit au sang. Pour cela, elle fut enfermée plusieurs mois à l'asile des aliénés. Le viol ne la blanchit pas.

L'homme à demi-mort lui avait laissé un enfant. Elle l'appela son présent.

---

* Frederick Douglass, abolitionniste.

7

L’enfant et le temps

Resurrection City
1968

Frida Orupabo,
Deux têtes, collage avec attaches parisiennes

Au cours de sa première nuit à Resurrection City, ne dormant que d’un œil, Anansi perçut d’étranges pleurs, une gaieté s’y mêlait. À cette heure hantée, elle rampa prudemment en dehors de la tente, dépliant ses bras et ses jambes, l’un après l’autre, comme si elle marchait sur des œufs.

Dans la nuit profonde, des ombres se réfugiaient dans l’opaque solitude des rives du Potomac. La rosée perçant du sein de l’aube versait des larmes sur les branches du saule. Elles retombaient sur un enfant d’un an à peine se tenant à quatre pattes au milieu de boîtes de soupe éventrées, et attaché à une roue servant de fauteuil.

Anansi remarqua qu’il n’était pas seul.

À quelques pas, sa mère était assise au bord d’une tortille de terre menant à la rivière. Elle mijotait quelque chose. On s’échinait par là à gratter des allumettes. Une minuscule bille de feu s’allongea en une petite flamme mettant au jour le renflement d’une cuillère et l’arête d’un nez encadré de deux tresses. La lueur s'étouffa vite, des doigts se brûlaient. Ils s'affairaient aussi dans un sac à remuer des ustensiles.

Anansi s'approcha encore. Elle vit une main s'écarter du corps, tandis que l'autre retroussait une manche.

L'enfant babillait. Malgré la pénombre, il entrevoyait un bras qui plongeait dans la nuit, celui de sa mère. Il dodelinait de la tête en jetant des regards enjôleurs, ses lèvres ouvertes interrogeaient et lançaient un appel. Attaché à la roue par un garrot en latex, il avait beau tirer dessus, il ne réussissait pas à s'en défaire : ce fichu cordon s'étirait, le laissait s'avancer, puis le retenait en le ramenant au point de départ. La malice de l'élastique le rendait hilare. Comme il échouait à se dépêtrer, une grimace crispa son visage. Des sanglots se glissèrent dans le gazouillis. La seule chose qui se détacha de lui, ce fut une larme, frêle et vaine. Les pleurs montaient, la flamme s'éteignit, la main de sa mère pendit mollement.

Ce qui arriva ensuite se déroula dans le noir, et dans ce noir, une vipère s'enroula autour du bras de sa mère, semblable au lien qui retenait son bébé à la roue.

Elle planta ses crocs au-dessus du coude.

*

Oiseau blessé se dit que l'aiguille contient le plus pur de ce qu'elle a cherché tout le jour, que ses veines se remplissent enfin de cette panacée qui soulage tous ses maux. Lesquels d'ailleurs ? Elle ne sait plus. Avant, son cœur en était rempli, il n'avait jamais assez de chagrins, il aimait se blesser partout, saigner, « sale cœur », se plaignait-elle depuis qu'elle pouvait prononcer le nom de celui qui lui faisait toujours mal sous son sein. Cette douleur, elle l'a ressentie au premier souffle. Dès qu'elle a paru, son cœur s'est retourné contre elle.

Oiseau blessé, c'est ainsi qu'on la surnomma car ce n'est pas le haut du crâne qui se présenta en premier, ce sont des larmes et une bouche tordue, et, lui répétait-on, ce cri qui n'avait jamais cessé. Même lorsque personne ne l'entendait, elle, *Oiseau blessé*, il la harcelait, il ne s'éteignait jamais. Son cœur battait de déchirures, il réclamait des entailles, toujours plus grandes, pour répandre son sang, jusqu'au point où il y en eut tellement qu'il s'est répandu dans son crâne.

Elle se souvient de ce jour, un long hurlement, la fièvre la brûlait, elle mordit tout ce qui passait sous ses yeux, son cœur avait faim, il dévora l'homme qui était sur elle, sa gorge dégoulina, elle perdit connaissance, sa cervelle se noya, on l'enferma, elle se retrouva attachée sur un lit, une vipère s'enroula autour de son bras, on la piqua, durant plusieurs mois, pendant que son ventre enflait, son bébé, celui de l'homme qu'elle avait mordu au sang parce que son cœur s'était aussi retourné contre elle.

Aujourd'hui, Inaya n'a que faire de la prédiction des anciens, ce ne sont pas eux qui l'aident à tenir debout, elle serait morte si la poudre douceâtre et chaude n'étouffait ce cœur ennemi. On l'avait pourtant prévenue de s'en tenir éloignée, un tourbillon emporterait son esprit si elle y touchait, ce serait un précipice d'où on ne revient pas, son âme serait réduite en bouillie.

Un chagrin plus puissant que l'autre a poussé, si puissant qu'elle a oublié ceux qui étaient dans son corps depuis sa naissance. Au diable le marais de Fort Prizenstein, ce fut là le remède, la poudre. Ces douleurs qui ne lui appartiennent pas ont été absorbées par une douleur plus vaste, fixée sur le manque d'une seule chose. La poudre est plus grande que les douleurs des autres. À présent, ce ne sont plus les siennes.

Pour obtenir sa dose, elle vagabonde, elle chaparde, elle mendie. Elle n'a plus peur de tout détruire, de laisser sa vie derrière elle et de s'enfoncer dans le gouffre. C'est le seul chemin qu'elle peut suivre, parce que sa tête chante quand elle part ainsi, même si le fond est noir, à perdre la vue. Il n'y a plus d'espace pour rien, pour la vie, la mort, son enfant, la peur, les chagrins d'avant, son cœur, il n'y a plus d'espace pour son cœur qui n'a jamais su chanter, il n'existe plus, et moins encore le marais des anciens. Dans le gouffre, elle se lance tête première, comme au jour de sa naissance, elle quitte les eaux tièdes, elle crie, l'air est de plus en plus froid, elle claque des dents, une grêle d'hiver et d'angoisse cingle son corps, elle croit qu'elle va mourir gelée, mais jamais elle ne meurt, au fond du trou elle trouve toujours un monde étincelant qui l'accueille avec le seul sourire du jour, elle n'espérait plus le découvrir, au fil des heures la route a été si cruelle, une traversée dans un enfer de glace, qui a commencé après que la peur eut grandi, que la peur eut fait place à l'effroi, et l'effroi à l'épouvante. Chaque jour, la recherche d'opiat dévore son corps à petit feu et terrasse ses jours. Dans ce feu brûlant comme la glace, elle ne sait plus ce qu'est la faim, seul importe le soleil blanc, autour de son cœur, le givre fond, elle oublie de se nourrir, elle est exsangue, elle s'éloigne de la vie.

*

Beau est au bloc opératoire, une partie de son corps est sous anesthésie, la vie suspendue, mise entre parenthèses, mais il est conscient. Il assiste d'abord à un ballet de mains gantées de latex qui vont et viennent au-dessus de son crâne dont l'écaille temporale a été découpée pour opérer son cerveau.

Un voile bleu est tendu autour de lui et l'empêche de voir ce qui se trame sur sa tête. Il a juste le droit d'entendre la voix du neurochirurgien, et de lui répondre.

Cette chirurgie éveillée est courante. La tumeur est logée près de l'hippocampe. Les questions et les réponses en temps réel permettent de vérifier que le bistouri ne va pas inciser les souvenirs de Beau et altérer sa mémoire.

Lorsque le neurochirurgien lui a présenté cette technique, pour le rassurer, comme de coutume avec ses patients, il a tenté de le détendre avec le cas de cette femme qui, pendant qu'on l'opérait, préparait des olives farcies roulées dans de la chapelure, et aussi celui de cet homme jouant au saxophone un air de Police alors qu'un bistouri se promenait dans le cortex frontal. « Lequel ? » a demandé Beau. « "Message in the bottle". »

« Il y a une ombre sur moi », a ajouté Beau pour compléter sa liste durant l'intervention. « J'ai très froid. »

*

Après la seringue, ses mains tremblent, ses bras et ses jambes se raidissent, son corps se délie. *Oiseau blessé* se lève et danse, la transe commence. L'eau sucrée perle encore sur l'aiguille. Son enfant ne pleure plus, il scrute la pénombre, étonné d'abord, et prend de nouveau tout cela pour un jeu, ses yeux vont de la roue à sa mère dansant avec la mort, il ne tente plus de la rejoindre, il s'est assis, entortillé dans le cordon en latex, il palpite d'excitation : dans la nuit, une lumière intérieure pénètre sa mère, elle mime ce pantin de l'enfance, aux membres désarticulés, figure de cire, mains flottantes, les yeux qui clignotent et louchent de délire, tournés vers l'impossible. Les tresses sautillent, elles semblent tenir par des ficelles qui tombent des étoiles. *Oiseau blessé* n'a plus froid ; elle s'élève dans les arbres rougeoyants, les cristaux de glace qui écorchaient son corps ont fondu, elle est rendue à la nuit, elle s'y dissout, elle sent les feuilles sur sa peau comme des éventails de soie, des milliers de papillons volettent autour d'elle, ils prennent son corps, elle se vide de ses douleurs et se retrouve sans pieds ni mains, bientôt sans yeux, ni peau.

Sous la jupe du saule pleureur, des rires coulent de son enfant, il lui en faut peu, il est né avec un rictus. À l'inverse d'elle, la joie lui aurait-elle été donnée à la naissance ?

*

Cette mère qui jette en l'air la ceinture de sa robe, c'est Inaya. Elle est poitrine nue, rase, son cœur a bu au sein jusqu'au sang. L'enfant lance un éclat de rire, une dernière fois. *Oiseau blessé* se disperse dans la nuit, sa tête chante, à défaut du cœur. Quand elle part ainsi, il n'y a plus d'espace pour rien, pour la vie, la mort, son enfant. Le sourire sur son visage, il n'existe plus.

Ni la culpabilité ni la pitié. Elle est si maigre que son corps s'efface.

*

Anansi attend jusqu'à la fin du crépuscule qu'Inaya revienne.

Et pendant que l'aube aspire les dernières coulées de l'obscurité, l'enfant tire sur son cordon, il le mâchonne, il mord la roue, jusqu'à meurtrir ses dents de lait. Il sanglote, un peu, les pleurs sont indécis. La tristesse fuit ces yeux depuis qu'ils se sont ouverts sur le monde.

« Arrête de ronger cette roue, malheureux, elle est vénéneuse », lui souffle Anansi.

Elle attend, elle doute, elle s'approche de l'enfant. Il la repère, ses yeux s'étonnent. Il n'a pas peur, il tire sur son élastique pour la toucher.

Il ne voit pas la perte de sa mère. Ce qu'il voit, suspendue au cou d'Anansi, c'est la calebasse battant la mesure, la même que celle d'Inaya. Il tend le bras vers elle.

Anansi se hasarde à lui saisir la main, elle sent ses petits doigts grouiller comme des vers. Elle tâte son poignet rondelet puis laisse courir son index sur sa peau. Il rit.

Elle dénoue le cordon, prend l'enfant et le ramène sous la tente.

Maintenant il pleure, elle lui couvre la bouche et l'étreint.

*

Au lever du jour, une seule femme sortit de la tente pour se joindre à la marche des mères qui se formait chaque matin.

Personne ne sut dire s'il s'agissait d'Inaya ou d'Anansi.

Un kenté dérobait son visage à la vue de tous. La calebasse à son cou était désormais entière.

Comme Inaya, cette femme portait l'enfant sur son ventre.

Comme Anansi, elle se tenait droite et silencieuse.

Personne ne chercha à savoir plus avant.

On l'a dit, les natures étranges hantaient Resurrection City, le campement les accueillait et les laissait à leur folie, sans s'étonner de leur vie faite d'effacements et de réapparitions.

Les voisins les plus proches savaient que deux femmes vivaient dans la tente et que seule une en franchissait régulièrement la porte. Mais cette ville de fortune était un monde à part, et si l'une d'elles avait choisi de se retrancher du monde, il n'était pas question de s'immiscer dans sa solitude. Pour les uns, la recluse, ce ne pouvait qu'être Inaya, pour les autres, « l'autre folle », dans un sens qui la désignait comme l'envers d'une réalité ne faisant qu'une.

Il fallut des funérailles pour s'approcher de la vérité.

*

Dans les commencements de juin, Resurrection City s'éveilla un matin dans le silence.

Voilà trois jours qu'on annonçait l'arrivée du corps de Robert F. Kennedy. Comme son frère cinq ans plus tôt, c'est encore le crâne qui avait été visé.

Pour la première fois depuis l'installation du camp, les femmes ne s'étaient pas retrouvées pour la marche des mères. Le tumulte des casseroles ne se leva pas au point du jour. Au pied des tentes, les bottes gisaient dans l'herbe détrempée. Là, l'ouvrage d'un philosophe prenait l'humidité. Une voix murmurait le prénom de Vladimir. Un œil passait dans une lucarne, un chant se retenait. Tout le jour, Resurrection City se voulait donnée au deuil. Des ombres s'extrayaient par moments. Des pissats chuchotaient dans le creux des arbres.

Le train transportant le défunt était arrivé la veille en provenance de New York. Il traverserait bientôt la ville pour s'arrêter à Resurrection City, juste avant de rejoindre le cimetière d'Arlington. Chacun se préparait à communier avec la foule rassemblée par milliers depuis le tunnel de l'Hudson River. Il était de ces défunts qui ne peuvent être enterrés en catimini, et dont on douterait d'ailleurs qu'ils tiennent dans leur cercueil tant leur personne se grandit de leur disparition. La mort les transforme en demi-dieu, on ne croit pas à leur fin, le cérémonial doit durer pour admettre qu'ils ne sont plus de ce monde.

La mise en terre était prévue à la tombée de la nuit.

*

Perçant le silence du campement, un tumulte monta de la tente d'Anansi et d'Inaya. À l'intérieur, des voix s'affrontaient. On ne reconnut ni celle de « la recluse », ni celle de « l'autre folle ». C'étaient des morveux de nulle part, sans doute pour la plupart abandonnés.

Ils étaient légion au camp. Ils déclamaient, comme s'ils imitaient un chœur antique.

L'un d'entre eux avait une voix plus grave et sévère, sans doute l'aîné. Il demanda de faire silence. Il jouait le temps et s'adressait à plus jeunes que lui, *Eux*, le passé, le présent, l'avenir, chacun avec sa voix : l'avenir, doux de promesses, le présent, tant essoufflé qu'il ne terminait pas ses phrases, le passé, aux intonations mouillées, étouffait toujours un sanglot. Une autre voix intervenait parfois, cassée, qui se forçait à être rauque, pour signifier qu'elle s'exprimait d'outre-tombe et parlait pour la mort. Un petit attroupement se forma devant la tente et entendit les bribes d'une scène qui semblait s'achever.

— *Le temps : Je m'écoule lentement, et si vite oublié.*

— *La mort : Je suis une certitude !*

— *Le temps : Toi tu n'es qu'une date ! Moi je m'ouvre à l'espoir !*

— *Eux : Pourquoi nous résistes-tu ? Nous recommençons toujours, ce n'est jamais fini !*

Le passé pleura,
le présent le consola, sans y réussir, le passé le dédaignant,
l'avenir resta bouche bée, alors que d'habitude il chantait.
La mort se fâcha.

Les voix se turent, les minutes passèrent, on se dispersa. Le silence revint sur le campement.

Ce n'est qu'au soir qu'il se rompît, lorsqu'une détonation éclata au loin : un canon tirait à blanc depuis le cimetière tout proche, annonçant l'arrivée du défunt. Les toiles tremblèrent, les cordes tendues aux pitons frémirent. Les esprits s'excitèrent. On s'avisa alors que la tente d'Inaya et Anansi se trouvait sur le passage du cortège funèbre. Elle gênait, elle devait être déplacée. On la secoua, on appela, aucune ne répondit. Le canon reprit, on se décida à ouvrir la tente.

Dedans, on découvrit Inaya étendue sur son lit, morte. On le sut en écartant le drap qui la recouvrait jusqu'au front. Elle semblait dormir du plus beau sommeil car son visage riait.

On fit d'abord venir des femmes pour examiner la chair violacée de ses bras. Chaque jour, ils saignaient. Et on chassa une bande de cinq marmots ébouriffés qui virevoltaient dans l'effervescence, tout échauffés de voir un cadavre... *pour de vrai*, murmura l'un d'une voix rauque. À Resurrection City, toutes sortes de gamins couraient dans les allées : à la peau foncée, mate, claire, des blancs, des roux. Il n'y eut qu'eux à relever sur le sol la présence d'une bouteille de gros verre contenant deux rouleaux de feuilles attachés par une ficelle. Plus curieux de leur découverte que du convoi mortuaire, ces gosses s'en emparèrent. Personne ne le remarqua.

Ils filèrent ensuite se dissimuler dans un tronc du sous-bois leur servant de repaire. Et s'ils venaient au creux de cet arbre et non d'un autre, ce n'était pas sans raison. Celui-là, c'était *l'arbre bouteille*, ainsi qu'ils l'appelaient, car il possédait un ventre, sombre comme une grotte. Avant que ces enfants ne jettent leur dévolu sur ce trou, il avait servi un temps de vide-bouteille aux résidents de Resurrection City, jusqu'à ce qu'on l'oubliât, le considérant désormais plein, et peut-être trop loin du camp. Et peut-être trop près d'une peur sourde, de ces terreurs que connaissent les enfants à la pensée de rencontres dont la noire forêt peut accoucher.

Cet arbre, les cinq gamins, *Eux*, ne le craignaient pas, et le sous-bois moins encore. Ils le fréquentaient volontiers, le jour, mais surtout la nuit, en cachette, la tête farcie de ce qu'ils glanaient dans le secret des tentes. Lorsqu'ils y rôdaient aux heures sombres, ils profitaient de l'obscurité pour jouer les enchanteurs étendant leur empire sur une sylve ancestrale, féerique, transformant les ombres, et parfois eux-mêmes, en histoires venues d'un autre temps. À travers ces songes, leurs yeux de pie étaient les seuls à observer que l'arbre bouteille ne bougeait pas. Ses branches ne grinçaient jamais ni ne bruissaient au souffle du vent, son écorce ne craquait pas, aucune sève ne coulait entre ses sillons. Et pourtant il était bel et bien vivant : dans son ventre, les tessons de bouteilles tintaient quand ils lançaient des pierres, le bois blanc se nuançait de couleurs à la lueur de la bougie, les araignées n'étaient plus noires mais toutes bleues, le tronc exhalait une odeur qu'ils ne respiraient qu'ici, l'odeur du grand large, comme si ses racines plongeaient dans l'Océan, en vue depuis la cime. Mais après tout, en franchissant les mers, la graine ne vole-t-elle pas aussi librement que les oiseaux ?

Dès que le jour diminuait, les enfants se retrouvaient dans le ventre de l'arbre bouteille et s'asseyaient en cercle en humant le parfum de l'algue. Ils commençaient alors un jeu dont l'unique règle était de deviner ce que serait le rêve de l'un d'entre eux lorsqu'il reviendrait dans sa tente pour enfin goûter au sommeil. On parle toujours de se raconter ses rêves, mais les prédire ? C'était leur divertissement à *Eux*.

Le soir où l'on trouva Inaya sans vie, les enfants changèrent cette habitude. Ils possédaient cette bouteille renfermant une étrangeté, deux rouleaux. Les feuilles qu'ils déplièrent étaient d'un papier leur étant aussi peu familier que la mort qu'ils venaient de croiser. De la peau ? Et donc ? Le plus jeune proposa de la passer par le feu pour voir comment cette matière se consumerait, ce qui parut plaire aux autres. Mais l'aîné s'y opposa aussitôt, déclarant que, si cette peau rôtissait, il ne leur resterait plus guère qu'une cendre dont ils n'auraient que faire. Il prétendit que des mots étaient écrits sur les rouleaux. Il mit son nez dessus et il affirma que le premier sentait la mer aussi fort que leur antre, tandis que le second sentait cette odeur d'humus régnant autour de l'arbre bouteille. Si l'on s'y prenait bien, en dirigeant correctement son souffle sur le dos de la peau, un chœur était possible. Chacun s'enchantait de cette perspective. L'enthousiasme retomba quand il déclara qu'il jouerait tous les rôles, lui, le temps.

Il commença à lire. Ce qui n'existait pas s'entendit d'abord sur ses lèvres.

Premier rouleau

Empire ashanti (ex-Ghana)
1760

Louise Bourgeois,
L'Araignée bleue

Une vieille femme et ses quatre enfants : Kwame, Baako, Sénamé, Inaya

***

Annan, fils d'Inaya

***

Le temps

Ce temps de l'enfance était moins qu'une ombre, il lui appartenait si peu qu'il semblait celui d'un autre. Cet autre, c'était pourtant lui, et bien lui, Annan, un enfant qui tente de disparaître au passage de la caravane, sous des feuilles de raphia reliées par des toiles d'araignées sempiternelles. Dans cet arrachement, sa mémoire s'était déchirée : il en restait des fils brisés, ceux d'une vieille femme, et ses yeux, deux perles de la couleur des larmes.

*

La mort

Tu ne comprenais pas ce qu'était la mort, et la différence de cette chose avec la vie.

« Qu'était-ce que la mort ? » me demandais-tu en fermant les poings.

Comment aurais-je pu t'expliquer l'inexplicable ? La mort, je ne la saisissais plus.

Chaque soir, une goutte de lune tombait dans l'innocence de tes yeux. Tu posais inlassablement la même question en refaisant le même geste.

Un jour, mes mains se sont ouvertes et t'ont répondu.

Le temps : la mort avait à voir avec l'arrivée de la caravane. La terre grondait comme l'orage. Au milieu du village, une flambée immense embrasait la nuit, nos pieds martelaient le sol pour chasser les mauvais esprits en quête d'une vie errante, et ce fracas durait jusqu'à tant que la bulle du soleil éclatât sur l'horizon. Alors le cri de l'aboyeur signalait une nuée de poussière rouge écorchant l'aube, et le vol lourd des vautours.

*

La mort ?

Cette mort n'était pas de celle qui se prépare et se chante.

Cette mort était sans âme, elle ne passait que pour prendre les corps.

La caravane a dévoré mes fils un par un.

Le temps : l'empereur Osei Kwadwo laissait les Blancs pratiquer des saignées à travers le royaume. Ils étaient *investis du droit de Calixte*. Étaient épargnés les villages retirant suffisamment d'or d'une rivière. Ils marchaient continuellement sur Kumasi pour le déverser en pluie sur le trône du potentat. Sa démesure exigeait toujours plus pour qu'une mer étincelante se formât autour de lui. Ainsi se rachetaient les vies. Les autres n'échappaient pas aux razzias, si la nature ne se plaisait à leur offrir une seule goutte d'or. Les meilleurs étaient prélevés et rejoignaient l'Océan. Et après, nul n'avait encore percé ce qu'il advenait d'eux.*

*

Elle m'a pris Baako : ses yeux soutenaient le feu du soleil des heures durant, les larmes le submergeaient et le champ de mil lui rendait sa peine, les crotales fuyaient sous son pas. Depuis sa disparition, la terre se languit de sa bêche, se craquelle à la grande joie des serpents et brûle sous des gerbes de sauterelles.

Le temps : l'empereur Osei Kwadwo affirme que l'or de son trône s'est dispersé comme des grains de sable et qu'il a le devoir de les rassembler pour résister aux Blancs. Il exige des quantités d'or toujours plus grandes. Mais l'empereur le voudrait-il qu'il n'en amasserait jamais

* Bulle papale de Calixte III, *Dum Diversas*, 18 juin 1452 : « Par les présentes Nous vous accordons de par Notre autorité apostolique, permission complète et libre d'envahir, de rechercher, de capturer et de soumettre les Sarrasins et les païens et tous les autres incroyants et ennemis du Christ où qu'ils puissent être, ainsi que leurs royaumes, duchés, comtés, principautés et autres biens [...] et de réduire leurs personnes en servitude perpétuelle. »

assez. Le trône authentique est d'une autre substance, l'or afflue des rivières et son trône ne brille pas plus.

Le pouvoir des Blancs est sans limites. N'ont-ils pas franchi l'Océan ? Ils viennent de l'au-delà, ils peuvent prendre beaucoup, ils veulent de l'or, ils veulent de tout, mais ce qu'ils recherchent de plus précieux, ce sont nos corps.

Ils possèdent des lances de feu qu'une poudre noire rend toutes-puissantes.

*

Elle m'a pris Kwame : le plus vaillant, toujours la main ferme, vive, le couteau de jet à portée. Ses deux pupilles perçantes scrutaient les hautes herbes dès le lever du jour.

Depuis sa disparition, les troupeaux n'ont plus été en sécurité.

Le temps : Osei Kwadwo est fasciné par le feu de la poudre noire. Dans les yeux de ses sujets, il provoque l'effroi, aussi envoûtant que le vif or. Il sent son emprise au fond de leurs regards. Ce feu éclate comme le tonnerre et provoque instantanément la mort. Les ennemis périssent sans combattre. Mieux, certains consentent à mourir. Cette puissance est insatiable, elle ne laisse aucun répit à l'empereur. Il recherche toujours plus de rivaux pour se rassasier de leur servitude. Le royaume se dépeuple.

*

Elle m'a pris Sénamé : il était relié à la source invisible, ses bras ardents pouvaient creuser très loin sous la terre que nos pas foulent dans l'espérance qu'elle nous nourrisse et nous donne à boire. Il remontait des profondeurs des outres d'eau fraîche.

Nous marchons à présent une journée entière pour la quémander au village voisin.

Le temps : la vieille femme prédit que la poudre noire effacera la lumière du ciel et de la lune, et se répandra en de telles quantités que les hommes ne connaîtront plus que l'obscurité.

Elle a déjà vu le soleil disparaître à l'heure où il est au plus vif.

Ces éclipses qui reviennent sans cesse sont des avertissements. Un jour, l'une d'elles durera éternellement, les Blancs ne sauront plus se reconnaître car il n'y aura plus que la nuit. Le froid se répandra et même le feu mourra.

*

Et ma fille Inaya, ta mère, où est-elle ?

La caravane, elle me l'a prise aussi.

Nous lui devions ces veillées au crépuscule. Le chant nocturne des anciens la traversait. Au son de sa voix, les arbres grinçaient comme le rebâb, les paroles creuses tombaient dans le silence, les maisons se vidaient, le village se rassemblait autour d'elle. Ses yeux s'ambraient dans le soir imprégné d'un air brûlant. Son bois d'afzélia traçait des lettres se dorant de l'erg. Le souffle de la nuit se faisait tiède et déposait d'infimes grains à ses lèvres qui se coloraient d'ocre lorsqu'elle chantait. Sa branche enfoncée dans le sol lui répondait, elle rendait la respiration flûtée de l'atenteben. Aucune main, à part celle d'Inaya, n'aurait pu l'en retirer avant que son chant ne s'éteignît.

Sa voix nous ramenait vers une mort familière et douce, celle que nous connaissions autrefois, avant que la caravane ne la tue.

On ne peut plus mourir.

La mort, c'est la pire chose dont ils nous ont dépossédés, l'éternité que nous préparions lorsque la lumière se retirait de nos yeux.

La caravane est d'une espèce cruelle. Quand Baako, Kwame et Sénamé sont partis, pour chacun, ta mère a chanté pour moi. Ses paroles tentaient d'apaiser ma douleur, ce qui ne se pouvait. Elles contenaient la promesse qu'Anansi veillait.

Le temps :
La mer vous a séparés,
mais elle est une avec le ciel et la terre,
la toile d'Anansi se tendra un jour.

*

Nos maisons sont de la couleur de la terre et des arbres. Elles sont brunes et nées de la substance du soleil, levées sous sa brûlure, car nos murs se sont dressés de la boue séchée et son feu a trempé les branches tombées des ohias pour nos toits.

Au milieu du jour, vient un battement du ciel où la lumière pâlit, parce qu'elle est à la verticale, au plus intense, presque violente, elle en blesse nos yeux et les ferme. Le souffle se fait plus lent, l'air manque, l'ombre n'est plus, nos maisons de boue deviennent blanches et s'embrasent.

Depuis le passage de la caravane, cette blancheur insupportable n'a plus reflué. Elle nous a aspirés. Voilà ce qu'est cette mort.

*

Pour Inaya, le chant de la terre ne s'est pas levé.

De la caravane, il me reste le supplice dans ma chair, arrachée par quatre fois.

De ta mère, il me reste l'absence ; elle coule dans mon sang comme un poison.

Il se fait tard, les heures passent, Anansi ne vient pas, les racines de l'iroko ne me soulagent pas, je faiblis.

De l'existence, il me reste désormais toi, Annan, et mes cheveux blanchis par la peur ; elle me consume un peu plus tous les clairs de lune, mon cœur se voile de l'augure funeste du kpanlongo.

Dans ma vieillesse, tu es mon seul présent. Si tu pars, je pars avec toi.

*

Trois fils de mémoire
(Du haut plateau au fort blanc)

Premier fil

Inaya ne connaît qu'un seul chemin, celui menant à la pâture du haut plateau et que lui a montré Édu, son époux, berger. Il l'a tracé jour après jour entre les arbustes se desséchant sur un versant abrupt brûlé par le soleil. Ce chemin serpente à travers une broussaille qui meurt à mesure que le sommet approche. Il se devine à quelques repères, une branche brisée, un creux dans la terre, et grâce aux pierres.

Les pierres, aucune ne ressemble à une autre, le pâtre a enseigné à Inaya qu'elles sont des visages qui parlent ; tantôt elles sourient, tantôt elles prennent un air grave, certaines sont impassibles et dures, d'autres grimacent sous la carapace d'un scarabée.

Inaya conduit désormais le troupeau depuis qu'Édu a été pris par la caravane. Encore un. Elle doit oublier la douleur de son ventre pour marcher dans la pente, car à chaque pas elle manque de ployer sous le poids de l'enfant qui croît en elle, Annan. Ce ventre est si lourd que des pierres semblent s'y être déposées.

Dans la montée couverte d'aube, le chemin s'éveille et s'exhale du parfum de l'ivraie, si ténu en cet endroit aride. Il bruit de soupirs résignés que la terre rend sous la sandale de cette femme s'épuisant à dominer les jours qui la séparent de sa délivrance. Le chiendent effleuré pâlit, tandis que mille autres s'embrasent, d'un feu soyeux quand la laine de ses chèvres les résille ; la pierre s'éteint au passage des longues feuilles de raphia battant ses jambes alors que les rocs alentour étincellent sous la pointe du jour.

Elle s'en va aussi en quête de ce qu'elle racontera le soir à la veillée, de ce que les pierres lui diront. Elle porte au cou une calebasse qui les rassemble chemin faisant, d'une coque si translucide qu'elle se remplit du ciel. Des récits du monde s'y ramassent, et elle est pleine d'une eau où ses chèvres passent la langue. Cette eau est aussi pour elle, elle la boira aux heures de grande soif, mais elle se mêlera ensuite à la terre et donnera de l'encre, comme la peau de ses chèvres lui donne un parchemin. Son bois d'afzélia s'y confiera bientôt. Des histoires exigent de se consigner. Celles dont les accrocs égratignent et ne peuvent rester sur la propre peau d'Inaya. Car elle n'est jamais nue sous le silence. Les mots se posent d'abord sur elle, dans ses cheveux, sur son corps, de la tête aux pieds, l'enlacent et l'étourdissent. Sauf les récits qui griffent et déchirent le cœur. Ceux-là se logent sur son kenté, dans sa calebasse, le long de son bâton, sur son parchemin… C'est ainsi que demain, elle reviendra au village parée de mots, sur elle et ailleurs pour ceux qui blessent la chair.

Inaya a appris à lire le moindre repli de cette étendue escarpée. Au premier regard, tout se ressemble et se confond. Au deuxième, des nuances se font jour. Au troisième, tout est si différent que l'esprit est aussi désorienté qu'au premier regard.

La pente a lentement laissé découvrir ses mystères.

Inaya sait maintenant les percer.

Mais des mystères, il s'en crée sans cesse, au gré des humeurs du ciel.

Chaque jour, avant de gravir la pente, elle se répète les paroles d'Édu : « Méfie-toi du vent, il disperse tes souvenirs. Méfie-toi de la nuit, elle les enfouit. Méfie-toi des averses, elles les noient. »

Inaya tient d'Édu que les pierres peuvent être reliées au cœur de la nuit, en s'aidant des étoiles immuables. Inaya tisse un fil imaginaire entre elles. Ces constellations lui montrent la voie autant qu'elles l'inspirent. Édu pense aussi qu'une force est tapie dans le ciel, car la caravane survient toujours lorsque la lune est ronde et dorée. Là-haut, une lutte s'engage pour la possession de l'or, et si son bras était assez long, Édu le prendrait au firmament et libérerait les siens pour l'éternité.

Au bout du chemin, un acacia se penche, solitaire, suspendu au bord d'un escarpement, et l'accueille, comme deux points d'interrogation qui se font face car le tronc se dédouble, donnant deux ramures qui s'observent. Et au-delà, s'étend l'immensité d'une terre stérile, et pour fin, une montagne coupant l'horizon. Inaya est loin de l'inquiétude du village où la confiance au monde s'est perdue depuis que les Blancs enlèvent leurs corps.

Les maisons de boue sont minuscules depuis le sommet et tiennent dans une feuille. Les nervures scintillent. Ce sont peut-être des paires d'yeux qui tentent de deviner la silhouette d'Inaya en scrutant le lointain d'un regard si intense qu'il finit par s'embraser de ne rien voir. Qui pourrait l'apercevoir au pied de l'acacia ? Vu du village, Inaya et l'arbre ne font qu'un. Pourtant, la chevelure d'Inaya resplendit. Tintent ses perles de bois qui luisent comme ses pupilles noires.

Passé le sommet, Inaya se détache de l'acacia et arpente des étendues rases qui ont si peu à donner que sa présence est une énigme. Elle erre au hasard, les chèvres n'ont cure de savoir si une feuille est d'un chemin ou d'un autre, et les histoires peuvent se glaner ici et là. Chacun de ses pas est un pas vers l'ailleurs, Inaya avance sans but, mais elle est heureuse. À présent que la pente est gravie, son corps est moins lourd à porter, son bonheur tient dans cette immensité plate et dans son ventre, suspendue entre la terre et le ciel, où les touffes étiques suffisent aux chèvres sautelantes, mais recèlent pour elle d'une infinité de pensées.

Aux heures les plus chaudes, Inaya s'abrite sous l'acacia pour boire à sa calebasse, dans l'ombre que les deux points d'interrogation étendent de part et d'autre du tronc accueillant une nuée d'insectes. De minuscules araignées tissent leur toile sans relâche dans les froncements de l'écorce. Les chèvres au repos dorment d'un œil. Perle un suint rassasiant les mouches qui se nichent dans leur crin hérissé d'épines. Il n'y a plus un brin d'herbe, et les gousses ne tombent qu'une fois l'an. La terre ne donnera plus rien avant longtemps au pied de l'arbre. C'est heureux qu'il ne soit en lambeaux. Exposé aux pires tempêtes qui l'ont attaqué de toutes parts depuis des temps reculés, il aurait pu être arraché maintes fois. Aspiré par le vide, il a plié, il s'est tordu, il s'est brisé, mais opiniâtre, il a tenu. Inaya y trouve le repos. L'écorce craque sous le soleil mordant, l'arbre se plaint, un sifflement perce dans la ramure et module le bourdonnement des insectes. Le ciel dépêche un court souffle de vent qui enfle les branches, assoupit Inaya et envole deux ou trois araignées dans sa chevelure qu'elles entortillent sans troubler son sommeil. Elles filent d'une bienveillance sapientielle. Par ce truchement, le vent lui confie alors ce que le silence tait, un dessein.

La déesse Anansi entre en elle. La calebasse dore à ses côtés. Le fond d'eau s'est coloré de terre brune.

Inaya se réveille griffée. Elle s'écrit de quelque chose qui érafle sa peau, car un malheur se prépare et la concerne, alors il est temps pour elle de quitter le haut plateau. Déjà, l'arbre a la cime pourpre. Les racines coulent jusqu'au village.

Quand elle redescend, un fil invisible se déroule derrière elle, son ventre est plus léger, mais sa peau brûle.

En bas, une épreuve l'attend. L'ombre de l'arbre couvre la pente.

Elle perçoit dans les épines un autre bruissement que celui du vent. Ses chèvres broient de folles pousses, elles sont là, éparpillées entre les buissons opaques du soir. Inaya les rassemble doucement, sans hâte. Et ses forces aussi, avec la calebasse. Elle est de cette rondeur parfaite qui renferme toutes les sagesses.

*

Deuxième fil

Lorsqu'il tomba du ventre d'Inaya, Annan avait la peau tachetée, claire ici, noire là. Il fut dit qu'il n'y était pas resté suffisamment longtemps pour qu'il s'imprégnât de la couleur de sa lignée. Son corps se présenta à l'état d'ébauche.

Car la terre tremblait au moment où Annan glissa entre les jambes d'Inaya : elle ne put le garder en elle malgré tous ses efforts. Une force irrésistible attirait le bébé au-dehors, la terre grondait comme au passage de la caravane, encore loin mais réclamant déjà son enfant. À l'accoutumée, l'aube coulait lentement à travers les murs de sa maison de branches et de boue ; le matin de cette naissance, la lumière se rua et abrégea le lent commencement du jour, en signe qu'Annan devait être expulsé sans attendre.

De mauvais présages griffèrent sa chair. Des épines la piquaient pour hâter les choses. Sa peau se couvrit de marques.

Il résulta de cette origine précipitée une moitié d'être, l'une du côté de la vie, l'autre du néant, comme si son existence était en suspens, pour partie invisible.

La poitrine d'Annan était si frêle que son cœur peinait à battre. Il n'arrivait pas à faire entrer en lui le souffle du monde. Il fut dit que la lumière s'était posée trop prématurément sur lui. Elle avait laissé une brûlure à l'intérieur de son crâne.

Dans cette lumière, Inaya avait vu un éclair, l'acacia frappé par la foudre, fendu jusqu'aux racines, se dénudant jour après jour, une lumière qui lui ouvrait les yeux sur ses lendemains à elle, des jours de solitude, sans Annan.

*

En dépit de cette naissance incertaine, Annan avait survécu.

Mais des lunes plus tard, Inaya fut enlevée, elle seule. La caravane n'avait eu ce jour-là qu'un besoin de picorer. Elle l'avait emportée au-delà de l'immensité du haut plateau, au-delà de cette montagne qu'elle pensait irréelle.

Au moment où les mains enragées l'arrachèrent d'Annan, Inaya supplia qu'on la laisse le serrer dans ses bras une dernière fois. On ne lui donna pas ce temps. Elle cria à la vieille femme de les protéger, laquelle eut seulement la force de rompre la calebasse d'Inaya en deux. Des graines tombèrent, toutes les histoires s'écrasèrent sous la botte des négriers, une seule demeura. Dans une dernière étreinte, la grand-mère lia une moitié de la calebasse au cou d'Inaya et attacha aussitôt l'autre partie au cou d'Annan. Les voleurs de corps ne s'aperçurent de rien, les coques translucides leur étaient invisibles.

Tôt ou tard les deux parts se rejoindraient. L'histoire éclatait mais ses débris se ramasseraient un jour, et elle se relirait, entière.

La déesse Anansi veillait sur les récits, ceux que les légendes oublient.

*

Puis il y eut des jours et des jours de larmes, des jours et des jours de marche dans des lacis de pierre que seul le crépuscule interrompait. Le temps de soulager les ânes de leur bât et de les abreuver, et aussi pour les esclaves, le temps de mâcher des racines de taro pour la faim, la soif, le désespoir, les brûlures, celle du soleil écorchant les lèvres, celle des pierres coupantes qui font saigner les pieds, celle des buissons d'épines déchirant la peau. L'univers leur jetait ses aiguilles.

Une autre enchaînée ne s'était pas relevée de son entrave. Elle fut abandonnée vivante au lit silencieux d'une rivière asséchée, puis au bourdonnement de guêpes secondées par une colonne de fourmis qui s'empressèrent de s'installer dans ses orbites pour acheminer en fétu jusqu'à leur tertre ses iris effarés. Un chacal ferait le reste.

Inaya n'en conçut nulle épouvante : la douleur pénétrait au plus profond, elle lui ôtait ses pensées. Le sable se soulevait par instants et la giflait, la Colère avait éclaté sur la caravane. Tous étaient à l'extrémité de la souffrance, tous glissaient de leur corps, tous quittaient ce monde. Que ce fût celui-ci ou un autre encore invisible, quoi qu'il advienne à présent, chacun se savait déjà séparé de sa vie.

La caravane avait atteint Fort Prinzenstein à l'heure où l'aube mûrit : le ciel devint rouge et dévoila une citadelle blanche brûlant les yeux, émergeant de l'Océan comme un immense récif, survolée par une horde de sternes criardes, le bec saliveux des vagues déferlant sur le promontoire.

Au bas du Fort, plaie ouverte entre la terre et la mer, une longue file d'hommes au visage creusé par le malheur s'écoulait d'une entaille dans la falaise jusqu'à une flottille de négriers. Elle se préparait à fendre une marée de morceaux de bois blanchis de sel dansant sur l'eau. Au bord, la mer s'assombrissait, tourbillonnant, et au loin elle s'étirait comme une étoffe grise sans fin déchirée par une myriade de cristaux éparpillés jusqu'à Alexandria.

Les corps étaient alourdis par la détresse, les yeux fixaient la trace de ceux qui les avaient précédés. Les Blancs hurlaient. La barque du passeur devait lever l'ancre et prendre la mer, *le passage du milieu.*

Inaya s'effondra à son tour sur son entrave. Au bord d'une tranchée de la forteresse. Une douleur fulgurante la tordit, au cœur de son ventre, plus forte que toutes celles qu'elle venait d'endurer et dont elle croyait avoir touché la limite. Les Blancs pensèrent à une morsure. L'empreinte d'une vipère se dessinait sur le sable. Ils s'acharnèrent à la relever, elle fut battue, sans doute longuement, mais cette durée, elle ne la perçut pas. Cette douleur pouvait encore être poussée qu'elle n'aurait plus le pouvoir de lui retirer son âme, et que, au contraire, chaque coup l'affermissait ; aucune nouvelle blessure ne pourrait désormais l'arracher.

Les coups cessèrent, elle fut tenue pour morte, et peut-être l'était-elle. Elle devint si légère qu'une seule botte suffit à la rouler dans la tranchée où l'on comptait sur les vautours pour la dévorer. Personne ne remarqua qu'ils la délaissèrent. Ils formaient de grands cercles dans le ciel, la rasaient mais ils ne la dépeçaient pas. Les hommes les croyaient à leur festin. Ce manège dura plusieurs jours au cours desquels l'Océan sema sur elle son sel brûlant. Le feu de cette cendre, Inaya ne le ressentait pas, mais elle perçut que son cœur ralentissait et que la terre se défaisait sous elle : sa peau disparut dans le mur de la forteresse, des gouttes d'eau tombèrent sur ses lèvres, et un souffle passa, qui n'était pas celui d'un battement d'ailes. Une respiration flottait au-dessus d'elle, ainsi que des bribes de parole, et aussi une main qui éloignait discrètement les becs cherchant une entaille.

La muraille vivait, des mains frêles et pâles s'agitaient autour de son corps, à l'insu des Blancs.

Qu'auraient-ils pu entrevoir ? Les seuls grains qui percèrent du mur, ce furent lorsque les paupières d'Inaya s'ouvrirent. Deux points noirs les redoublaient, les yeux d'une fillette à la peau chaulée par le vent de la mer.

Elle venait de Keta, un village tout proche. Les Blancs n'y ponctionnaient aucune vie tant que le poisson abondait à la citadelle, ainsi que les ruisseaux de crabes bleus affluant à contre-courant. Des pêcheurs en sursis y puisaient.

Leurs existences tenaient aussi grâce à leur peau recouverte de sel. Se rincer, c'eût été se condamner, et se confondre de ce noir qui ne valait que pour l'ombre des fosses.

La présence des pêcheurs était tolérée aux abords de la forteresse, pour vider ses entrailles du crabe bleu qui y pullulaient, à condition qu'ils soient aussi reconnaissables que les vautours, qu'ils entretiennent leur allure de spectre et qu'ils ne brisent jamais cette écorce de sel qui fermait et rongeait leurs lèvres.

Inaya ne fut pas engloutie par les ténèbres du Fort. Son corps se ranima. Dès que le dernier grain de noir eut disparu de sa peau, la fillette la conduisit à Keta. Son arrivée déclencha une tempête de cris. Le clan se partagea entre ceux qui imploraient qu'on la livrât aux Blancs et ceux qui imploraient qu'on la recueillît. Ce qui l'emporta, c'est qu'elle ne serait pas une bouche de trop : dans ses mains, les filets s'ouvrageaient plus vite que la marée. Cela lui était si aisé, jamais Keta n'avait vu telle habileté. Serait-elle née de l'union de l'Océan et du mont Afadjato ? Chaque jour, elle tissait et remmaillait ce que dix faisaient.

Inaya apprit à disparaître. Elle coupa ses longs cheveux formant le dernier trait noir coulant dans son dos.

Au lever du soleil, sa silhouette blanche attendait de se glisser jusqu'au Fort, veillant à ce que les premières lueurs du jour rabattent la couleur de la nuit. Invisible, elle pénétrait ensuite dans un boyau insoupçonné de la citadelle. Et à travers sa calebasse, Inaya respirait, soufflait, appelait. Pour arracher l'âme d'Annan au néant.

Elle a lu dans les lendemains qu'il passerait par cet enfer et tomberait dans la fosse, à son heure.

Elle est certaine que ce présage s'accomplira.

Elle l'attend,

Elle veut être là pour lui,

Quand il aura marché, marché, marché, jour et nuit,

Quand il arrivera, harassé, au pied de la citadelle dévoreuse,

Et que son regard rencontrera l'ombre.

Dans la fissure, elle souffle son nom,

Les crabes bleus sont les fils d'Anansi.

Et elle écrit dans la pierre,

Sur les murs maculés de l'infamie ;
Humiliés,
Ceux que l'injustice apeure et enlève,
Vous ne pouvez pas mourir,
Mon souffle passera pour ravir vos mémoires,
jusqu'aux étoiles inclinées.
Votre peau s'écrira.

*

Annan se souvient d'Annan

J'aurais tant voulu qu'Annan m'entendît par-delà l'Océan.

Je lui criais de prendre garde à la caravane.

Les arbres s'étaient pourtant écartés pour lui faire signe.

Annan aurait pu trouver abri dans le tronc creux d'un ohia où il s'était arrangé une tanière.

*

Je me souviens qu'à la tombée du crépuscule, il était venu des hommes par tous les sentiers. Le village s'était rassemblé autour des flammes piquant les étoiles. Les kpanlongos avaient tonné à se fendre.

*

La vieille femme pleurait ; les kpanlongos avertissaient de l'arrivée de la caravane. Après Kwame,

Baako, Sénamé et Inaya, lui prendrait-elle aussi Annan ? Elle fit plusieurs nœuds à la cordelette de cuir qui retenait la calebasse à son cou. Nul ne pourrait la lui prendre, lui dit-elle, car nul ne voyait la coque translucide. Elle avait passé la nuit à sortir de la hutte et à se lamenter sur la pousse d'iroko se faisant jour à sa porte, comme si elle attendait qu'un ultime prodige surgisse de son chagrin. Elle avait pilé son mil jusqu'au matin pour détourner le sommeil qui ouvre la voie aux spectres traquant les âmes. Toutes ces longues heures d'obscurité, les yeux de la vieille femme n'avaient cessé de trembler, s'usant de ses larmes et de son ouvrage, puis elle s'était endormie, laissant Annan face à deux paupières rougies.

*

Partie de Kumasi et se dirigeant vers l'Océan, la caravane arriva, avec ses ânes blancs croulant sous les harnais de bois et les corbeilles qu'on disait pleines d'ivoire et d'or.

Elle avait interrompu son cours en lisière du village.

Annan ne perçut pas la rumeur. Il n'était pas de ces enfants qui grimpent sur de hautes branches pour guetter les captifs enchaînés.

Ce jour-là, la forêt était aux heures les plus chaudes. Il chassait au bord du ruisseau, plus gros que d'habitude, aux aguets d'une nuée de tisserins suspendus dans le vide au plus loin de leur nid. Il aimait se réfugier là avec ses deux couleurs.

Annan attendait le meilleur moment pour tirer sur une liane serpentant dans l'herbe jusqu'à un filet. Un oiseau s'y prenait-il les ailes qu'il le relâchait sur-le-champ.

Deux hommes surgirent, une volée de taches jaunes cribla la feuillée des ohia.

*

J'aurais tant voulu en cet instant qu'Annan fût un de ces tisserins qui fuse dans les cimes à tire-d'aile en poussant des cris et disparaît.

Mais son corps était aussi lourd qu'une pierre et nul souffle ne le souleva de terre pour l'emporter au sommet d'un ohia.

*

La pointe d'une botte s'était posée sur la gorge d'Annan. Il étouffait, il gémissait, hurlait, mais ces deux hommes n'entendaient rien à son langage.

Dans un vol déréglé, les tisserins éperdus affluaient en piqué pour rejaillir aussitôt dans les arbres penchés. Le courant s'empourpra : dans la traîne de leur queue, le ruisseau laissa un trait de feu, comme si l'eau les embrasait.

Un cliquetis d'étriers perça, des fers se refermèrent sur les pieds d'Annan.

Il fut traîné jusqu'à la caravane et attaché entre les moutons et les chèvres, car avec sa taille d'enfant, sa tête n'atteignait pas la fourche en bois qui garrottait une dizaine de captifs.

Juché sur un cheval ruisselant de sueur, un homme au visage entaillé s'approcha.

Il gouvernait la caravane.

De longs cheveux blancs retombaient sur sa nuque. Ses jambes flottaient dans des gaines de cuir. Il était plus maigre encore que les esclaves dont il faisait commerce, décharné jusqu'aux os à force de jeter toutes ses forces dans les razzias qu'autorisait le potentat du royaume.

Sans mettre pied à terre, il tourna autour d'Annan et l'examina aussi soigneusement que s'il jugeait de l'état de sa monture, laquelle renâclait, ses commissures saignaient sous le joug du mors tenu d'une poigne intraitable. Le bras desséché de l'homme se tendit. Il s'étonnait de cette moitié de couleur. Il fouilla la bouche d'Annan. L'enfant sentit son cœur brûler.

*

J'aurais tant voulu consoler l'enfant.

Je vois ses larmes, ses mains se tendre, son visage effaré.

L'homme à cheval demeure imperturbable, ses lèvres sont scellées comme la pierre. Il ne voit rien de la calebasse.

*

La botte jeta Annan à terre par deux fois, et deux fois Annan se redressa, ce qui le condamna. S'il avait pu se relever, il se relèverait toujours, et le corps courbé. C'était bon signe que l'échine demeurât pliée.

L'homme revint à sa monture, tira une flasque de sa sacoche et but une gorgée d'eau-de-vie. Ses lèvres s'entrouvrirent et firent entendre une langue sauvage, la caravane trembla et répondit par le grincement des entraves.

*

Il n'y eut ni père ni mère pour me sauver, j'avais grandi sans eux.

Où étaient-ils ceux du village rassemblés la veille autour d'un feu ?

Étaient-ils perchés sur quelque arbre à m'observer me tordre ?

Aucun ne vint à mon secours.

Comme s'ils n'avaient jamais existé.

Et comme s'il n'y avait plus un seul être au monde qui se souciât de moi, que je vive ou que je disparaisse.

Et la vieille femme ? Elle a dû pleurer et partir.

Qui d'autre ?

J'aurais tant voulu qu'Annan m'entendît par-delà la forteresse.

Le passage du milieu

Au creux de l'arbre bouteille, deux des cinq enfants s'impatientaient, celui aux accents rauques et celui à la voix d'habitude si douce de promesses. Ils se plaignaient car ils s'ennuyaient. Eux aussi voulaient leur part du rouleau. Mais lorsque leur tour vint, l'aîné se l'appropria plutôt que de les laisser lire. Il le remit encore à celui qui ne leur épargnait jamais une larme. Seul le cinquième enfant ne disait rien. Ignoré, il se réfugiait dans son silence coutumier en hochant la tête vers les uns et les autres, toujours à tenter de réconcilier tout le monde. Les deux mécontents menacèrent alors de partir et de laisser leurs camarades moisir avec les rouleaux, puisqu'ils ne voulaient pas les partager, d'autant que la flamme allumée au début de la lecture avait dévoré toute la cire, et qu'il fallait une autre bougie.

L'aîné se frotta le crâne. Il eut besoin de sortir pour réfléchir. Alors il grimpa sur l'arbre avec le second rouleau jusqu'à une haute branche où la couleur de la lune donnait suffisamment de clarté. Il emprunta une voie qu'ils appelaient entre eux le passage du milieu car des branches suivaient en escalier une fente qui divisait le tronc en deux depuis le ventre. Il attendit que chacun de ses camarades le rejoigne, ce qu'ils ne firent pas de bonne grâce. Les deux râleurs maugréèrent et tardèrent à monter.

Dans cet intervalle, le temps médita sur ce qu'il venait de lire. Et lorsque les autres l'atteignirent, il fut enfin disposé à composer avec eux. Tous eurent un rôle.

*

La côte des esclaves ne donne pas de plain-pied sur la terre de Virginie ; entre la forteresse Prinzenstein et Alexandria, l'Océan dresse l'étale de sa haute mer, le passage du milieu. Qui dit passage, dit passage d'un état à un autre. À l'intérieur des cales, des existences passent. Dans les fosses du négrier, la traversée est épouvantable. Empilés comme des boucauts, nombre meurent entre les anneaux rouillés, atteints de fièvre jaune, étouffés, affamés, un calvaire pour les saufs. Certains recherchent la mort, et la trouvent en avalant leur langue, pour fuir en soi ce que la cruauté peut féconder de plus ignoble. Le mal entre à pleins bords, les plus faibles sont jetés à la mer, le meurtre est une vertu pour les bourreaux, lorsque le rendement de la prise est hypothéqué par une infection qui se propage.

Annan a passé les trois mois de traversée dans une cage, enchaîné à des ombres d'enfants qu'il distingue pendues à un rai de lumière coulant entre deux planches. Il n'entend plus rien de leurs sanglots et des vagues froides battant la carène.

Ces boyaux croisent durant quatre-vingt-dix jours pour mâcher, digérer et dissoudre. Les captifs sont dépossédés de leurs corps : ils ont embarqué nu. Du passage du milieu, il ne leur restera bientôt pour seul effet que la chair marquée au fer rouge, qui concentre dans son feu la somme des souffrances de la traversée, son acmé. Et son point de départ. D'où le milieu : ici commence la vie d'esclave. C'est ainsi qu'Annan se sépare de l'enfant qu'il était.

Appliqué au temps et à l'espace, ce passage pourrait être le point où la ligne se fragmente, et où se délimitent un avant et un après. Il y aurait ce qui existe de ce côté-ci et de ce côté-là, comme l'œil regarderait en surplomb les panneaux d'une histoire linéaire déroulée sur une frise.

Mais pour Annan l'histoire n'est pas un fil d'un seul tenant, plein et continu. À travers les lames qui soulèvent l'Océan et hachent les vies, le passage est une déchirure qui abolit les frontières du temps et de l'espace – Annan ne se forme nulle idée du temps qui adviendra. Ce milieu inconnu est une fin, en ce qu'il marque un achèvement : passé les eaux brunes, les champs de coton vont fixer la douleur de l'épreuve initiale ; les miraculés de la traversée sont restés vivants pour connaître l'enfer : la Virginie.

À chaque aube nouvelle qui se lève sur la fleur maudite, la lumière pâle avive la plaie originelle. La brûlure se perpétue, comme si elle était une fin en soi, jour après jour. Les lendemains de Virginie se ressemblent et n'offrent rien de plus que la solitude et l'abattement de la veille, avec la certitude d'être voué à un état dont on ne reviendra plus : la terre blanche déroule un horizon aussi fermé et infini que l'Océan.

*

Dès qu'une nouvelle caravane s'annonce, Inaya s'enfonce dans les entrailles de Fort Prinzenstein. Elle pénètre au plus profond du ventre de la citadelle et souffle dans sa calebasse. Elle attend chaque jour qu'Annan réponde. Elle s'épuise : aucune voix ne revient des parois dévoreuses. Elle meurt sans revoir son fils.

*

Inaya ne sera pas sans descendance. Le village l'a unie à un pêcheur qui ne parle qu'aux alizés. Entre deux chimères, ils ont conçu une fille à l'âme mélancolique, qui elle-même donnera d'autres Inaya. Cette lignée existe pour transmettre ce qui ne peut disparaître, une moitié de calebasse, un souffle. La mer est une bouteille.

L'histoire attend, elle reviendra.

Elle se réincarne ailleurs, dans un autre espace et dans un autre temps. Ce qui semble être séparé demeure uni. Le passé se détache du corps comme un bras arraché, il dérive ensuite, parfois des siècles, mais il finit par revenir au centre.

*

La mer et le sang mêlent leurs eaux.
Les histoires survivent, et se racontent,
Des fils les relient,
Les chants de douleurs s'en avisent,
Un soir de petite lune rouge,
Tout le sang se réveille,
Dans un second rouleau.

Second rouleau

Alexandria (Virginie)

15 avril 1791
(avant la Maison Blanche)

Gilbert Stuart,
Portrait de George Washington
(The Athenæum Portrait)

Le régisseur

***

Annan

***

Sukey, Benjamin, Sally

***

George Washington, Alexander Hamilton, Thomas Jefferson, James Madison, Dolley Madison, Andrew Ellicott

***

Le temps

Le temps : tout commença ainsi, Annan ne reçut d'abord du régisseur qu'un seul coup de fouet, juste un seul, le second porta sur la calebasse.

Quand ce malheur se produisit au pied de la pierre, les trois étaient présents :

Alexander,

Thomas,

et James.

Andrew avait réussi le tour de force de réunir ces hommes. Il était arpenteur de métier.

Aucun n'aurait pu nier qu'il n'avait pas assisté à la scène, du début à la fin.

Le temps : vous ? Les auteurs des grands textes ?

*

George manquait.

Encore que la vérité soit nébuleuse, en raison de la bourbe du fleuve levée par la tempête s'étant abattue toute la nuit. Soi-disant, son attelage ne put franchir le Potomac. Le pont d'Alexandria avait pourtant résisté : au retrait de la pluie, les pavés se dévoilaient à fleur d'eau.

Certains dirent qu'il avait paru une fois le cérémonial achevé. Du moins, le bruit courut.

Sans doute n'était-il pas pressé d'être conduit dans un champ détrempé jonché d'arbres morts : dans ce marécage, son pas n'aurait pas été des plus sûrs. La plus infime des lézardes l'obligeait désormais à se défaire de son noble port ; il était bancal, la jambe gauche faiblissait, il marchait de travers et cramponnait son regard à l'empeigne de ses bottes, de crainte que son pied ne se posât sur du vide.

Le temps : George, un jour, tu aspires à une retraite paisible à l'ombre d'un figuier. Un autre, ta vanité palpite, tu ne te vois plus sans honneurs ni révérences. L'étiquette a un prix. La chandelle se consume et ne se ravivera plus.

Seuls tes souvenirs du frais jeune homme à l'assaut des confins de Virginie te guérissent de ta lassitude. Tu entends l'écho des pluviers, les engoulevents, le chant des tribus indiennes au pied du sachem. Tu te remémores les scalps à la taille, poisseux de sang. Ces aventures te mettaient au péril, l'épreuve te grisait. Ces heures primordiales ne reviendront pas.

*

Thomas et James... De bonnes âmes lui rapportaient que ces deux-là s'épanchaient sur sa mauvaise santé. Ses loyaux ministres ? Pouvaient-ils s'entretenir de pensées malveillantes ?

Sur son compte, George avait entendu plus abject : un sang noir coulait dans ses veines, osait-on dire, Lui, le vainqueur de Yorktown, le premier d'entre tous proclamé roi du Nouveau Monde. Ce n'était pas peu.

À chacune de ses sorties, l'éminence marchait d'un pas lent, l'allure était gauche. Il redoutait de trébucher et de ne pouvoir se relever seul.

Ses adversaires avaient compris.

Ils l'examinaient avec des yeux ardents, troublés par l'inavouable volupté d'une perspective latente : le pouvoir. Lorsque la puissance est à portée, le jeûne est une torture. George était parvenu à un âge méprisé, mais il résistait. Il s'accommodait de ses convulsions et de ses tumeurs pour gouverner la nation naissante, même si elles sapaient sa prestance. Les apparences abusaient les ennemis. George arborait un large sourire aux parades : neuf dents saines arrachées à un esclave étincelaient parmi celles qui à force pourrissaient, taillées dans un bois trop tendre.

Thomas et James, de vingt et trente ans ses cadets, étaient comme lui, fils de la baie de Chesapeake, de ces lignées installées au bord des fleuves par la grâce de la « Reine vierge », à portée de bateaux, colonie prospère de tabac et de chanvre, opulente du commerce triangulaire.

Alexander n'était pas de ces fils.

John, l'arrière-grand-père de George, avait traversé l'Océan sur un ketch, les cales pleines de tabac. Il avait pour nom l'Hippocampe. Dans la baie de Chesapeake, plusieurs fleuves se rejoignent, des bateaux de toutes sortes s'y sont toujours jetés à toutes voiles depuis que le Nouveau Monde est né. Ces fleuves ne montrent rien des chausse-trappes qui couvent dans ses abîmes. L'aïeul s'y était échoué. Sa cargaison ne pût être reprise aux bancs de sable.

Le temps : tout commença ainsi, Annan ne reçut d'abord du régisseur qu'un seul coup de fouet, juste un seul.

*

S'ils se retrouvaient à présent dans ce champ, c'est que ce lieu avait été la contrepartie cédée par George au plus vif des discussions.

Thomas refusait de céder sur les questions d'argent. Pour le convaincre, George avait proposé que la capitale fût sise le long du Potomac, sur un territoire courant depuis Alexandria, à portée de son port industrieux. Alexander avait consenti à cette compensation.

Ces terres étaient pour l'essentiel des marécages débordant sur le Maryland et la Virginie, un trait d'eau entre les deux États, aussi inconsistant que les principes sur lesquels ils avaient fermé les yeux, un marais à nettoyer pour que se rejoignent le Nord et le Sud, plus près du Sud, si loin du Nord.

Ainsi la question de l'esclavage avait-elle été mise de côté : George aurait eu trop à perdre, quant à Alexander, il serait temps d'y revenir, il s'en arrangea. Le principal était de s'entendre sur la dette.

Accord obtenu, la carte fut dressée, et une fois l'arpentage achevé, le terrain tracé, les bornes délimitant l'aire de la capitale furent prêtes à être plantées, quarante en tout.

La première d'entre elles était du plus beau grès, celui de l'île de Wigginton où l'on prélevait abondamment pour orner tombes et frontons. Ce grès était pourtant aussi peu pierre que l'île était aussi peu île, un semblant rocailleux, tendre à sculpter, mais que l'eau et le vent rongeaient en de maigres décennies. L'île était née de ce que le Potomac, s'insinuant, attaquait la terre pour la désagréger, laissant dans son sillage des ruisseaux qui provoquaient une érosion lente, déchirure inéluctable du sol. Survivaient des abcès de roches malades. Des arches montées sur d'immenses troncs remontaient le grès par blocs. Sans conscience de sa décomposition certaine. Les puissants s'en entichaient, il pourvoyait aux édifices de Virginie qu'on voulait ennoblir. Des esclaves se désespéraient sur le fleuve à le transporter sans répit de l'île à la cité nouvelle.

À la pose de la première borne, les visages étincelaient, de cet éclat propre à ceux qui entrevoient le destin et se concentrent sur l'horizon, celui qu'on leur connaît dans les portraits en buste ou en armes qui ont fixé les minutes d'un regard sans butée, haut et noble.

À partir de cette pierre, tout allait commencer. Bientôt des rues, un jour des monuments, demain une ville illustre.

Il ne restait qu'à retirer du trou déjà creusé quelques pelletées de boue jetées par la tempête. Un esclave se chargeait de cette besogne. Thomas, James et Alexander s'y reprirent à deux fois pour saisir son regard. Sa peau était de couleur et ne l'était pas.

C'était Annan.

En cet instant, il ne comprenait pas que ce trou était une œuvre pour l'Histoire. Sa bêche allait se planter dans un sol élu, et lui la soulevait avec indolence. La calebasse accrochée à son cou battait mollement la mesure du temps, comme par un fait exprès.

Le temps : ces portraits au maintien crâne qui façonnent la légende, et que le regard retient comme une eau claire… Ombre au tableau, l'esclave courbé sur la terre.

*

Alexander s'était rendu tête nue à cette rencontre, se soustrayant aux convenances depuis belle lurette, car la perruque lui donnait des prurits au cou.

Il était celui qui avait bravé le plus d'obstacles pour être au rendez-vous. Parti de New York, il fit la route d'une seule traite jusqu'à Philadelphie. Puis il fut contraint de s'arrêter à Baltimore. Des bourrasques avaient soulevé sa vaillante Curly comme une feuille, avant que le quadrupède ne retombe à plat ventre sur une nappe d'eau, ébahi et sonné, la crinière baignant dans un flot de minuscules grenouilles ballottées par le vent. Le lendemain, il parvint à se jouer des crues au travers des chemins transformés en ravines par le déluge. Ce fut miracle que le mantelet de son harnais ne rompît pas. Lorsque le coupé crépi de boue atteignit la colline Jenkins qui domine Alexandria, son occupant était trempé des pieds à la tête, et le dos perclus. Alexander avait vieilli de dix ans. Sa fougueuse jument avait jeté toutes ses forces dans cette folle course et n'était plus qu'une haridelle éclopée, rendue sourde par le tonnerre et ne réagissant plus à la moindre semonce du fouet.

Les Virginiens, Thomas et James, s'étaient retrouvés à mi-chemin de leur domaine, à Fredericksburg, profitant du voyage pour s'accorder sur des questions abstruses. James était monté dans l'équipage de Thomas, tandis que le sien suivait derrière, convoyant Dolley, son épouse, flanquée de Sukey, la fidèle suivante, esclave de son état, lissant à genoux les cheveux de sa maîtresse. Miss Dolley n'avait cessé de jeter sa chevelure au vent pour s'assurer que l'équipage de James ne se détachait pas en forçant l'allure. Sukey n'avait pas eu un instant de repos, ses rotules étaient au supplice, elle avait dû recommencer cent fois le même geste pour démêler l'indémêlable, plutôt que de goûter au répit de regards languissants sur les cyprès chauves qui se défaisaient des trombes déversées ces dernières heures.

Suivant les instructions d'Andrew, les premiers coups de hache avaient été portés dans les forêts aux arbres durs : à la racine, pour priver de sève le feuillage bas. Avec le temps, le tronc pourrissait, les hommes s'épargnaient ainsi bien des fatigues. Et pour les étendues où il fallait se hâter de défricher, le feu était le meilleur allié.

George et Andrew l'arpenteur étaient animés d'une même passion : affronter les bois hostiles et les eaux grouilleuses des marais, se frayer dans les taillis et les ronces en se moquant des nuées de taons, établir des plans pour s'approprier le sol. Ils étaient l'un et l'autre des chasseurs de terre, munis de boussoles, sextants et chaînes d'arpentage, avec pour viatique une carotte de tabac, un pot d'herbes à bouillon et des rubans de viande séchée. George s'était rué sur des étendues à perte de vue, en chevauchant la bruyère inlassablement sur son barbe jusqu'aux monts Allegheny.

Sans ces mesures, la terre n'existait pas, car elle ne prenait vie que si l'on s'en emparait. En ce temps, l'arpenteur instituait les domaines de celui-ci et de celui-là, il explorait et levait les mystères du milieu, il quadrillait l'espace et le délimitait. Il était à l'origine.

Thomas le savait aussi, la carte de la Caroline était née sous le compas de son propre père.

Andrew l'arpenteur s'était adjoint un astronome.

Il se nommait Benjamin, du Maryland, petit-fils de Molly et de Banna Ka. Molly était anglaise, servante de son état, à qui ses gages mis patiemment de côté avaient procuré des champs de tabac aux abords de la Patapsco, puis une petite ferme et deux esclaves. Elle en avait libéré un de la servitude, Banna Ka. Une fois l'homme affranchi, elle l'avait choisi pour fonder un foyer. On était au Nord. Cette libéralité se pouvait.

Benjamin avait appris à lire dans la Bible, et foule d'autres choses, grâce aux bons soins de sa grand-mère. Tout juste toléré dans son école, il s'était beaucoup instruit par lui-même : ainsi des mathématiques dont il avait eu très tôt une intelligence hors du commun par on ne sait quel prodige. Certains y voyaient une exception à sa condition, d'autres un être contre-nature. Par quel miracle avait-il pu concevoir cette montre en bois qui sonnait toutes les heures ?

Aux yeux d'Andrew, le sombre de sa peau avait passé tant sa connaissance était lumineuse. Benjamin possédait une science accomplie de la boussole et des équerres. L'un et l'autre savaient déchiffrer la terre, mais l'astronome ajoutait sa compréhension des corps célestes. La couleur du jour et celle de la nuit étaient pour lui d'une même clarté. « Benjamin est un sorcier », disait-on. Il avait su lire dans le ciel ce qu'aucun n'avait prédit : une éclipse.

Par une soirée inondée de lune, ils s'étaient établis à Jones Point, en cet endroit du fleuve où le regard porte si loin qu'un phare s'y était dressé, un point noir sur la rose des vents.

Lorsque Benjamin soumit à Andrew l'idée de planter là la première borne, il ne regardait pas vers la mer, il s'était étendu sur une langue de terre, son œil vif était à la verticale, il fixait intensément les étoiles. Six d'entre elles brûlaient comme un fanal et montraient une direction. Ils s'étaient décidés : la première borne serait posée à un jet de pierre.

Un trou fut creusé.

Le régisseur était stupéfait qu'Andrew se laissât abuser par les sornettes d'un Nègre un peu moins noir que les autres, qui portait beau sur son sang mêlé et que le hasard avait doté de quelques talents pour tricoter des fables.

Le temps : car Benjamin parle de l'arpentage comme s'il tirait un fil d'un point à un autre, en maniant son compas à la manière d'une paire d'aiguilles. Il reporte sur la carte d'Andrew un semis d'étoiles qui semblent des points de croix. C'est là l'étoffe de son savoir, il s'aide du ciel pour mesurer la terre. Ces constellations sont des toiles d'araignée dont la main de l'arpenteur reporte les fils sur une carte.

*

À voir ce bonimenteur ainsi couché sur le dos, le régisseur se prend à rêver de l'écraser comme un insecte. Il ne s'en relèverait pas. Le sang lui monte aux yeux lorsque Andrew prête le bras à Benjamin. La main d'Andrew est reconnaissante, cette carte de chanvre où s'étale le futur district, c'est leur œuvre.

Pour la pose de la première borne, Andrew aurait voulu une journée chaude et belle pour couronner ses travaux. Il s'en fallut de peu que la rencontre n'avortât, la violence de la tempête ayant rapporté dans son eau noire des arbres qu'on s'était tué à mettre à bas depuis des semaines.

On ne déplorait aucune victime parmi les âmes d'Alexandria. On relatait seulement le sort d'un négrillon d'à peine quinze ans jeté dans la nuit par son maître pour porter un message à George, des mots qui n'arrivèrent jamais à destination puisque le gamin disparut dans le Potomac qui avait débordé bien au-delà de ses berges. On avait retrouvé son corps. Il flottait dans une anse du fleuve et surnageait entre des castors occupés à ronger des débris. Depuis leur barque, deux trappeurs traquant la belle pelisse avaient repéré une chemise gonflée d'air. Lorsqu'ils retournèrent le corps, la figure boursouflée du négrillon leur avait fait face, bouche ouverte, un hippocampe niché au creux de sa langue pâle. Devant l'attroupement d'esclaves qui se formait sur le bord, les chasseurs se pressèrent de reprendre leur cabotage pour explorer d'autres replis. L'onde avait propagé des hurlements effroyables, sans doute ceux de la mère rugissant de voir le fruit de ses entrailles qui pourrissait dans l'eau.

Andrew prit comme un miracle que la nuit accouchât de l'aube, une aube inespérée après cette tempête ayant battu les façades sans trêve, après ce vent acharné à renverser les maisons, après cette pluie claquant sur les bardeaux comme une volée d'aiguilles lancées pour percer les toits. Dès la première tornade, les peupliers s'étaient déchirés, exposant les chevaux à une grêle cinglante. Ils hennissaient de douleur. Des piques tombaient du ciel, les hommes se couvraient la tête de seaux. Une pouliche avait disparu dans les fins fonds des pâturages et fut retrouvée foudroyée, le poil brûlé. Un étalon n'avait pu être mis à l'abri, il s'était rué vers la mort en s'empalant sur une barrière transformée d'une rafale en un tas d'épieux.

Au petit matin, la pluie s'était enfin interrompue, comme si l'obscurité devait se retirer pour que l'eau cessât de tomber, encore que le feu du jour peinât à prendre. La nuit refusait de passer : cette journée était destinée à être maintenue dans les ténèbres.

En découvrant les nuages en cendre, Andrew soupira : tout avait dû être noyé par la tempête. Il se représentait l'eau montant au ras des bottes, le champ rendu aux marécages, le fleuve ne rejoignant pas son lit avant longtemps. Qui sait si la pierre n'avait été emportée ?

Or un esclave revint avec la nouvelle que la terre avait résisté au déluge. Quant au Potomac, il avait coulé sagement entre ses deux rives. Ce miracle était la preuve que cet emplacement était le meilleur.

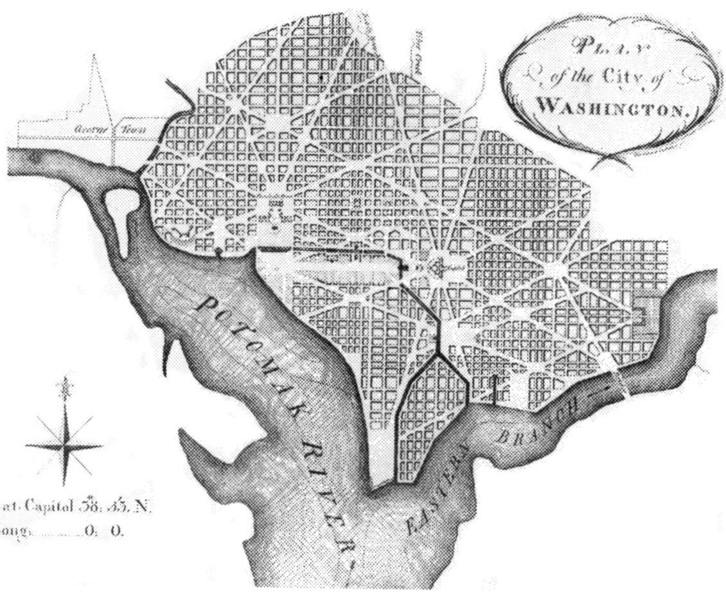

La carte dépliée sous ses yeux, Andrew contemplait en vainqueur le quadrillage de la ville dessinée de sa main, comme un général se rengorgeant de ses batailles remportées. Son pinceau avait enlevé au fleuve sa fluidité. On eût plutôt vu un morceau en bois, à deux branches. Leurs pointes divisaient l'espace. Dans le creux de la fourche, Andrew avait dessiné des carrés, et à mesure qu'il arpentait les terres, un carré s'ajoutait à un autre, matérialisant les parcelles prises aux marais.

Le temps : tout commença ainsi, Annan ne reçut d'abord du régisseur qu'un seul coup de fouet, juste un seul.

*

L'attelage pénétra dans le champ à grand fracas.

En ouvrant la portière capitonnée de son carrosse, Thomas s'emporta contre son cocher parce qu'il ne dépliait pas assez vite le marchepied.

Alexander attendait à quelques pas et l'observait.

Andrew s'entretenait avec James du déroulé de la cérémonie. Il lui apprit le nom de l'endroit : Jones Point.

Annan avait reçu pour ordre de retirer du trou la boue charriée par le fleuve, mais il ne réussissait pas à relever sa bêche. Le régisseur lui faisait face et s'échauffait, le fouet sifflait. Sous l'œil d'un chien de Rochambeau. Le molosse mugissait. Ces sifflements avertissaient d'un commencement.

Les chevaux rongeaient leur mors en se penchant sur le sol sans herbe. Plus loin, une mule rompue par son fardeau avait repéré des collerettes de prêle épargnées par la tempête.

Thomas échangea deux ou trois paroles de politesse avec Alexander, puis resserrant sur lui ses deux yeux d'une étreinte froide, il demanda si l'état de son cocher le gênait. Alexander répondit que le sujet était accessoire. Il le pensait fermement en cet instant, leur accord étant le principal et le sort des esclaves, l'accessoire.

Thomas annonça qu'il était pressé de regagner son domaine de Monticello. Une tâche l'occupait là-bas et il avait hâte de l'achever : il supervisait lui-même des travaux qui rendraient bientôt invisible le va-et-vient des esclaves par un système ingénieux de passages et de cordes aveugles entre les pièces : tout avait été conçu pour que le moins possible de mains noires ne fussent vues des invités de Monticello.

Mais la hâte de Thomas avait pour cause une raison plus impérieuse encore : Sally, une esclave sur le point d'accoucher, grosse de ses visites qui finissaient toujours par ajouter à sa marmaille. Près d'une dizaine déjà, disait-on. Le compte se perdait dans les galeries de Monticello.

Tout commença ainsi : Annan ne reçut qu'un seul coup de fouet, juste un seul.

« Un coup sec pour le lancer et lui donner de l'élan », se justifia le régisseur.

Un coup si bien placé qu'Andrew lui en fit aussitôt le reproche : du sang coulait de la gorge de l'esclave.

« Il reste tant à réaliser, il ne faut pas l'amocher dès la première pelletée », avertit Andrew.

« D'habitude, le cuir des Nègres résiste », se justifia le régisseur. À force, ils avaient la peau tannée, et si on maniait correctement le fouet, on pouvait infliger une brûlure vivifiante aux engourdis, sans ouvrir une plaie. Mais celui-là était d'une espèce différente, avec sa moitié de couleur et ses taches blanches.

Ni Thomas, ni James, ni Alexander ne réagirent.

Au premier coup porté, la terre refusa de rendre la bêche.

Andrew sortit du rang, et il empoigna le bois du manche. Ses bras furent impuissants à le relever. Il fit signe au régisseur, lequel s'avança pour lui prêter main-forte. La bêche resta fichée dans le sol, aussi enracinée qu'un arbre de mille ans.

Alexander, Thomas et James reculèrent, à distance. Les nobles âmes étaient tout uniment mécontentes. Leur temps était compté. Ils s'agaçaient de ce que le cours des événements n'allât pas comme ils l'auraient voulu.

Le régisseur fit claquer le fouet, il était prêt à une nouvelle morsure.

Andrew s'interposa. Repérant les lèvres de James qui se crispaient, celles de Thomas se fronçant aussi. Il connaissait le langage des purs esprits : dans ces moments où l'humanité aurait pu trouver à s'éprouver, ils se retiraient dans leurs pensées, un monde qui n'étaient pas ce monde ici-bas, seule leur enveloppe charnelle était visible, et l'unique signe de leur volonté venait d'un cillement, d'un pincement de bouche, d'un hochement de tête, infime à l'œil nu… Ils ne se commettaient pas de vive voix.

De la physionomie immobile de Thomas, les flatteurs s'étaient toujours affligés. Avait-il seulement des nerfs et des émotions ? Ses lèvres étaient froides comme le marbre, il ne fallait attendre d'elles que coulent de grandes déclarations, il les réservait pour les rouleaux de parchemin. Les mauvaises langues avaient surpris un bégaiement. Les thuriféraires juraient qu'il était absorbé par le devoir et qu'il laissait aux communs les bavardages inutiles. À part George, on ne connaissait guère visage plus roide et mutique au sein de cet embryon de noblesse. On les disait tous les deux d'un dehors tout aussi glacial.

Le temps : Thomas, ta plume eut ce vol oblique. Elle a laissé un vide, il aspire ta légende, une feuille a été emportée, le silence sur certains hommes, ceux que le grand texte n'a pas voulu reconnaître. Les deux points que tu sèmes au bas de ta signature sont des grains d'étoiles qui piquent le ciel. Et tes notes ont conservé des mots d'une encre indélébile : « la blancheur, préférable à ce voile noir monotone qui recouvre les émotions de l'autre race ». La plume tient par le rachis qui la divise en deux moitiés, bien souvent asymétriques.*

*

Dans une toilette bouillante de se déployer, Miss Dolley parut, sa fidèle Sukey à sa suite, réglant son pas sur celui de sa maîtresse. Elle sortait du carrosse où James l'avait abandonnée à l'ennui, le temps que cette affaire se réglât. Femme, Miss Dolley n'était pas de leur cercle, fût-elle de la haute société, et Sukey

* Thomas Jefferson, *Observations sur l'État de Virginie*, 1785.

encore moins, ajoutant la servitude à sa condition de créature. Deux nuances en excès, indésirables dans la balance de l'égalité.

Miss Dolley quittait sa cage dorée, elle avait ceci de fantasque qu'elle écoutait son esclave à certains moments, et pas uniquement lorsque son esprit déraisonnait d'un abus de tabac. Sukey l'encouragea à sortir après l'avoir persuadée qu'Annan ne méritait pas un coup du fouet, et certainement pas la pluie des autres coups qui s'annonçaient. Elle avait convaincu sa maîtresse de se montrer : à une femme, ces hommes épargnaient certaines scènes. Se montrer, seulement se montrer : cela pouvait infléchir le bras du régisseur.

Son apparition plissa les lèvres de James, et celles de Thomas aussi. Aussitôt cessa la violence qui couvait.

Le régisseur remit son fouet au fourreau en jetant sur sa proie un regard amer.

On le blâmait de battre un Noir.

Andrew l'avait déjà averti que cet usage devait être refréné. Il était là pour ses qualités à diriger ces hommes, mais s'il ne voulait pas revenir à son ancien métier et finir ses jours sur les mers qu'il disait ne plus supporter, alors il devait se méfier de ses instincts. Andrew avait fait appel à sa raison : lorsqu'il était négrier, il n'aurait pu se permettre de vendre un Noir trop abîmé. Il devait penser de la sorte chaque fois qu'il brandirait son fouet, s'interroger sur cette nécessité, proportionner ses coups à la faute commise et considérer qu'un esclave en mauvais état, c'était autant de retard pris sur le déroulement de leurs travaux. Ils avaient une forêt entière à raser et ils manquaient de bras. La tâche serait longue, Andrew ne tolérerait pas qu'elle soit retardée par des mouvements d'humeur.

Miss Dolley n'était qu'un bâton dans une roue. Au diable ce catéchisme, le régisseur rumina sa revanche. Quelque chose de plus semblait entrer dans cette rancune.

Coup de fouet ou pas, Annan ne parvenait pas davantage à retirer du sol ce qu'il avait enfoncé.

James proposa de déplacer la pierre d'un pas.

Andrew s'y refusa, seul refus ferme qu'il n'eut jamais à opposer au cours de son existence.

« Hors de question », asséna-t-il. C'eût été décaler l'intervalle entre les trente-neuf pierres suivantes. Si cette hérésie prenait tournure, toute la justesse de la carte tracée avec Benjamin s'en trouverait affectée, et par conséquent celle du futur district et de l'édifice qui devait en surgir. Tout serait à reprendre et à recalculer. Un retard considérable serait pris. Il ne répondait plus de rien si on trahissait les mesures de son bornage.

« Seul un arpenteur peut comprendre cette évidence, George le comprendra ! Et vous blâmera de ne m'avoir pas cru ! » attaqua-t-il.

Alexander avait le regard tourné vers son coupé et ne songeait plus qu'à s'en retourner à Philadelphie.

Thomas méprisait ses mises en garde et voulait quitter ce champ au plus vite. Il jetait sur Annan un regard meurtrier.

Le temps : Thomas examinait ces deux couleurs levées sur la peau d'un même homme. Il était noir, avec des taches blanches. Et cette calebasse suspendue à son cou.

Ces deux-là se connaissaient.

Dans leurs yeux, un secret rôdait.

*

James suggéra alors qu'on ouvrît la cérémonie au pied de ce manche, le symbole étant plus essentiel que tout le reste. Il ne tenait qu'à eux de considérer ce bois comme la hampe d'une bannière révélant toute la dignité du lieu, une étoffe y flotterait à la place. Miss Dolley dut tendre le carré de soie couvrant ses épaules pour que l'un d'entre eux consente à se départir de son jabot : ce fut Andrew qui fit l'effort. James conclut que la pierre serait plantée une autre fois sous la conduite de l'arpenteur, quand la bêche voudrait bien ressortir de terre.

Chacun trouvait son compte dans cette proposition, les quelques mots de discours pouvaient être prononcés sans plus tarder, Andrew obtenait le respect de ses plans, avec un surcroît de lauriers : être la plus haute autorité représentant George lors la mise en terre de la pierre, ce n'était pas peu. Il organisa les choses pour le lendemain.

On libéra l'esclave du manche en bois, Sukey lui sourit. Derrière les lèvres d'Annan se découvrirent une rangée de dents, neuf manquaient.

Le régisseur serait quitte pour revenir dans la nuit à Jones Point, avec d'autres bras.

8

*Memento mori**

Andy Warhol,
Skulls

Au bout du second rouleau, les enfants quittèrent le cercle de la lune et redescendirent de leurs branches. Leurs bouches à tous faisaient un pli amer. Surtout celui à la voix rauque et celui que toujours un sanglot étouffait. Ils semblaient les plus désappointés que l'histoire s'arrêtât là.

Alors un bruit se fit entendre, venant du cœur de cette écorce qui jamais ne crissait. C'était plutôt un claquement, deux morceaux de bois s'entrechoquant. Ils passèrent leur tête dehors.

Anansi apparut. Elle était assise sur un lit de mousse bordé de touffes de pissenlits qu'une brise tiède berçait. Le bébé d'Inaya dormait sur ses genoux, enveloppé dans le kenté noué au creux de son ventre. Elle tenait dans chaque main les deux parties de la calebasse et tentait de les faire se rejoindre en prononçant des paroles incompréhensibles. Dans la nuit, les taches claires parsemant sa chair sombre se découvrirent.

---

* « Souviens-toi que tu vas mourir. »

L'aîné des enfants s'approcha d'elle et lui rendit les deux rouleaux que tous venaient de lire. La calebasse s'assembla. La bouche d'Anansi s'arrondit.

*

« Et ? »

« Le régisseur et deux de ses hommes vinrent me chercher au cours de la nuit. »

« Toi seul ? »

« Plusieurs d'entre nous. »

« Combien ? »

« Je ne sais plus, peut-être quatre, peut-être cinq. Qu'importe ce détail ? »

« Et ? »

« Il donna une bêche à chacun. Mais pas à moi. »

« Et ? »

« Nous nous enchaînâmes. »

« Et ? »

« Et nous partîmes à pied pour Jones Point. Eux à cheval, et leurs chiens. »

« Et ? »

« Nous arrivâmes devant la maudite bêche. »

« Et ? »

« Nous avons enlevé nos chaînes. »

« Et ? »

« Ils ont demandé à mes compagnons de creuser. »

« Où ? »

« Autour de la bêche. »

« Et toi, que faisais-tu ? »

« Je ne devais surtout pas bouger. »

« Et ? »

« Le trou s'agrandit. »
« Et la bêche ? »
« Elle s'écroula. »
« Dans le trou ? »
« Dans le trou. »
« Et ? »
« Et le régisseur m'a poussé. »
« Et ? »
« Les autres m'ont appelé. Annan ! »
« Et ? »
« Les chiens ont mordu. »
« Et ? »
« Le souffle leur a manqué. »
« Et ? »
« Le régisseur m'a jeté un sac. »
« Et ? »
« Il a dit : "Ton enfant." »
« Et ? »
« Je crois que les chiens aboyaient. »
« Et ? »
« Leur gueule s'ouvrait très grand. »
« Et ? »
« Des oiseaux se sont envolés. »
« Dans la nuit tu les as vus ? »
« Je crois. C'étaient peut-être des étoiles. Leur queue faisait comme un fil. »
« Et ? »
« Le sac criait. »
« Et ? »
« Les chiens aboyaient de plus en plus fort. »
« Et ? »
« Leur gueule s'ouvrait de plus en plus grand. »

« Et ? »

« Je me suis bouché les yeux. »

« Et ? »

« Je me suis recroquevillé. »

« Et ? »

« Et les chiens ont sauté sur moi. »

« Et ? »

« Je crois qu'ils m'ont dévoré, mais la peur m'a peut-être tué avant. »

« Et ? »

« J'ai vu l'araignée bleue. »

« Et… l'enfant ? »

*

« Souviens-toi que tu vas mourir. »

Beau a demandé à voir son cerveau sur les clichés de l'IRM. Les images se présentent en 3D sous la forme de coupes défilant sur un écran. Certaines représentent son cerveau de profil.

Leur effet est plus saisissant que la tumeur elle-même car l'image pivote. Le crâne se tourne vers lui, les orbites le fixent, sa tête de mort le nargue : Memento mori. *Beau ne baisse pas les yeux.*

Le neurochirurgien, un homme sans âge, lui montre la tumeur. Il a demandé qu'elle soit teinte en bleu pour que Beau puisse mieux la repérer. C'est la première fois qu'il voit son glioblastome en couleur. Il paraît beaucoup plus gros que la dernière fois. Blástê *grandit rapidement. Elle a désormais des pattes. C'est une évidence sur les coupes où son cerveau ressemble à une araignée. Beau trouve qu'elle a doublé de volume.*

« Quand même pas, mais oui, elle évolue », corrige le neurochirurgien.

« Combien ? » demande Beau.

« Un peu moins de quatre centimètres. »

« Je voulais dire, combien de temps ? »

*

« Et l'enfant ? » demanda de nouveau l'aîné.

« Je n'ai pas envie de renaître pour le savoir ! Pourquoi m'en souviendrais-je ? La peau me brûle ! » pleurait Anansi.

« Fais un effort, tu dois aller jusqu'au bout de l'histoire, tu es la seule à pouvoir le faire », gémissait celui aux lèvres mouillées de larmes.

« Nous ne pouvons repartir sans connaître la suite », l'exhorta l'aîné.

« Je veux entendre que la fin sera belle… », murmura tendrement la voix douce et rieuse.

Le plus timide de tous cueillit un pissenlit et le mit au creux de sa main, prenant grand soin que les aigrettes ne s'envolent pas. Pour la première fois, il recommanda aux autres de se taire.

« Retenons-nous de respirer trop fort ou il en sera comme de cette fleur… Notre souffle risque de disperser les mots aux quatre vents. »

La voix rauque se tenait en arrière dans le ventre de l'arbre bouteille, les joues gonflées, prête à souffler.

*

Beau raconte au chirurgien l'hallucination qu'il a eue la veille. Il dit en avoir eu de semblables par le passé.

Ce qu'il voit ?

« Des pierres noires se changer en cité de cristal. »

« Qu'évoquent ces visions pour vous ? »

Beau parle du cristal vert que son père lui a offert pour son dixième anniversaire.

« Un cristal vert ? »

« Dans Superman, celui que Clark Kent lance au milieu de l'Arctique et qui fait naître la forteresse de solitude dans une forêt de glace. Mon père m'a toujours raconté des histoires de maisons blanches. »

C'était l'époque où Beau pleurait dès qu'on éteignait la lumière de sa chambre. Joe lui disait de serrer très fort le cristal et de fermer les yeux, puis il ajoutait ses mains tièdes aux siennes et ensemble ils demandaient ce que Beau voulait voir apparaître dans ses rêves.

« Comment vous sentez-vous après ces hallucinations ? » interroge le chirurgien.

« Entre deux mondes. »

*

Entourée des enfants, Anansi tenaient toujours les deux moitiés de la calebasse. Elles s'assemblèrent de nouveau. Les taches claires de ses deux mains disparurent, comme si la nuit coulait dans ses veines.

À moins que ce ne fût le sang d'Inaya qui imprégnait à présent tous ses pores.

Anansi portait désormais le noir,
portait le noir,
portait le noir.

Sa peau s'écrivit alors à son tour de ces mots qui griffent et déchirent le cœur.

« Washington n'était qu'une carte,

Annan, mon père, était esclave à Monticello. Comme ma chair, la sienne était d'une couleur et ne l'était pas. Ma mère l'a aimé dès la seconde où elle l'a vu en équilibre sur les solives d'un toit.

Thomas, son époux, avait décidé d'étendre d'une aile le corps principal. Les haches coupaient la dernière poutre. La charpente attendait d'être recouverte de tuiles. Mon père les transportait sur son dos en les hissant par une échelle.

La chambre de ma mère donnait au nord. Elle se réfugiait dans des songes qui semblaient naître des lampas recouvrant son lit. Elle fuyait la lumière crue de ces mois qui se refusent à toutes les pluies et se livrent à tous les soleils, mais il est une occasion où elle l'affrontait : lorsque ses esclaves cardaient la laine.

Le jour où elle aima mon père était un de ces jours.

Ses yeux s'étaient levés, eux qui ne quittaient jamais l'horizon parce que là-haut l'éclat du ciel l'aveuglait.

Tout commença sur l'échelle.

Mon père montait tout droit vers le soleil et fondait dans le bleu immense. Le regard de ma mère brûla. Quelques vicieux guettaient une chute, et même la désiraient, sifflant... Un nid de serpents. Les joies puisent parfois dans de mauvaises pensées. Ma mère était comme ensorcelée. Elle quitta le cercle de buissons bas à l'intérieur duquel les esclaves dévidaient leur ouvrage. Elle s'approcha de la façade où des ombres dansaient. Le fardeau de mon père penchait dans le vide. Ses pieds chancelèrent. Ses jambes se déplièrent. Il se rattrapa. Comme une araignée saute de fil en fil, il atterrit d'un bond sur le toit. Ma mère cria. Tous les présents l'entendirent. Sous l'œil médusé de ses esclaves, elle étendit ses bras le long de l'échelle comme si elle tentait de le rejoindre. Le corps de ma mère s'étira de barreau en barreau, et sa robe craqua aux épaules, se déchirant de la base du cou au bas des reins.

Ma mère vit le ciel pour la première fois. Quand je te parle du ciel, je veux dire le bleu, pas ce ciel aveuglant que les Blancs fixent jour après jour. Elle, elle ne connaissait que la moitié du monde, comme s'il se divisait en son milieu et qu'elle n'en voyait qu'une partie. Elle comprit ce qu'était la couleur. »

*

L'oncologue raconte l'histoire d'une femme admise dans son service après plusieurs semaines de réanimation dans un hôpital de Boston. Elle avait été trouvée en état d'hypothermie par deux randonneurs, gisante sur les traverses blanches de givre au bas du chemin de fer à crémaillère montant le long des pentes du mont Washington.

Elle avait parcouru à pied cent cinquante miles depuis Salem dans la nuit glaciale, soit près des trois quarts de la distance qui sépare le sud du nord du Massachusetts. Son intention était d'atteindre cette montagne que les Amérindiens surnomment Agiocochook, « la demeure du grand esprit ».

La température de son corps était descendue à vingt-huit degrés lorsque les secours arrivèrent malgré les couvertures dont les deux marcheurs l'avaient enveloppée. On redouta qu'elle ne succombât dans l'hélicoptère tant elle était froide et grise. Elle fut sauvée.

L'hôpital de Boston avait découvert dans l'encéphale, au niveau du thalamus, une tumeur de la taille d'une noix.

À son réveil, elle raconta qu'elle avait répondu à l'appel de Dieu. Elle entendait cette voix tous les dix ans.

L'oncologue disait que sa tumeur était de celles qui sommeillent dans un des replis du cerveau où siège la conscience. Vient un jour où elle pousse. Quel choc dérègle soudainement les cellules ?

Cette femme en était à ce stade lorsqu'il eut à l'examiner. Elle était exaltée, les vagues de lumière blanche la submergeaient, les appels de la voix redoublaient. Ces délires annonçaient chez ces patients une volonté décuplée, absolue, au point que cette femme avait dû être solidement sanglée sur son lit.

*

« À la tombée du soir, ma mère venait au pied de l'échelle ; les barreaux brûlaient de la chaleur du jour ; elle rejoignait Annan sur les poutres couleur de miel, sa robe se froissait, ses effets s'éparpillaient au milieu des gouges courbes et ils dansaient follement sur l'abîme dans un tourbillon de papillons de nuit. Sous le croissant de lune, le dos ma mère se creusait, les solives gémissaient. »

« Et ? »

« Le ventre de ma mère s'arrondit de moi. »

« Et ? »

« Thomas ne s'étonna pas, il visitait encore sa femme chaque premier jour de la semaine. »

« Et ? »

« L'aile se recouvrit peu à peu de son toit. »

« Et ? »

« Et je suis née lorsque l'aile devint toit et la charpente, grave et lourde. »

« Et ? »

« J'étais blanche. »

« Et ? »

« J'étais noire. »

« Et ? »

« Des serpents sifflèrent. Thomas apprit la vérité. Il frappa les murs de ses grandes mains rousses. "De la couleur de la boue !" hurlait-il. »

« Et ? »

« Annan fut battu et jeté dans la fosse aux fuyards. Ma mère menaça de le rejoindre. »

« Et ? »

« Annan fut cédé à Andrew Ellicott. Pour qu'il meure ailleurs qu'à Monticello. »

« Et ? »

« Le régisseur d'Ellicott reçut de l'argent en sous-main pour tourmenter Annan jusqu'aux limites de la mort.

« Et ? »

« Ils finirent par le jeter dans ce trou creusé au pied de la pierre, ils lâchèrent les chiens sur lui. »

« Et ? »

« Et l'enfant ? »

« Mon père respirait encore lorsqu'on me jeta dans le trou. La terre nous recouvrit, vivants. Tu comprendras que je ne veuille pas renaître. »

« Mais tu es là aujourd'hui, qui t'a sauvée ? »

*

Anansi pleurait, les enfants tentaient de la consoler. Une aigrette se détacha du pissenlit.

*

« Benjamin avait été averti par les autres esclaves. »

« Et ? »

« Il connaissait l'emplacement de la pierre. Il creusa la terre aussitôt. Lorsqu'il nous trouva, j'étais la seule à respirer. Mon père avait couvert ma bouche avec la calebasse. À travers elle, il me donna son dernier souffle. »

« Et ? »

« J'ai grandi auprès de Benjamin. »

« Et ? »

« J'ai eu des enfants à mon tour mais tous connurent l'abandon jusqu'à aujourd'hui. Ces taches blanches sur la peau noire, elles effrayent. Nous sommes des monstres, ni blancs ni noirs. Cette malédiction s'est transmise de génération en génération. La calebasse nous a suivis, comme notre moitié de couleur. »

*

Au petit matin, le cœur du camp se remettait déjà à battre, doucement. Le cortège funèbre était passé, et Robert F. Kennedy, mis en terre. Le corps d'Inaya avait été emporté dans une morgue où s'entreposaient les cadavres que même la mort finissait par oublier. Des silhouettes s'extrayaient tant bien que mal des tentes et se démenaient pour puiser de l'eau dans les baquets communs. Le soir s'était offert au défunt, la nuit avait été courte, mais chacun se redressait sur son lit.

Dans un rai de lumière que la lisière du sous-bois releva de l'aube comme un drap, les matineux virent l'autre folle étendue au pied d'un arbre, immobile et silencieuse. Elle était recouverte du kenté d'Inaya. L'enfant se devinait, pelotonné contre elle, bienheureux dans ces bras où il trouvait un peu de tendresse après tant d'heures d'abandon.

Une femme se dirigea vers eux, s'inquiétant du sort de ces deux existences. Cette soirée n'avait peut-être pas encore obtenu son comptant. Elle se frotta les yeux car elle s'étonna que le visage d'Anansi parût entièrement noir. Puis elle s'adressa à elle, mais seul le bébé pépia. Dans ses cheveux, s'éparpillèrent des aigrettes de pissenlits que des lèvres s'étaient plu à souffler sur lui.

Enfin, les paupières de celle qu'elle croyait morte clignèrent dans le demi-jour naissant.

Anansi parla alors en tendant une calebasse au-dessus d'elle. Elle déclara qu'elle repartait avec Present pour Wilmington.

« Present ? » demanda la femme.

« Mon enfant, répondit Anansi. Il est venu vers moi, je le porterai à l'avenir comme le noir », ajouta-t-elle.

On laissa aller la folle.

9

Wilmington

Accidents de lumière
3 février 1969-18 décembre 1972

« L'arbre, c'est le temps rendu visible »,
Paul Valéry

Georgia O'Keeffe,
The Lawrence Tree

Lorsque Joe revient dans la chambre, Neilia ne cesse de lui parler de cette femme et de son bébé. Elle serait à exiger qu'il s'occupât d'eux toutes affaires cessantes. Elle le presse d'interroger l'infirmière passant dans le couloir avec sa potence enguirlandée de poches de sérum.

« Demande après Anansi et son enfant, il s'appelle Present. »

Il pense à eux lui aussi, mais les minutes se sont accélérées, il a dû répondre à un appel. Un destin était au bout du fil.

En ce jour où tous les chemins s'ouvrent, Joe estime pouvoir presser le temps autant que le temps le presse, comme si les minutes étaient à sa main, un sable qu'on peut remettre dans une bouteille… s'il coule par accident.

Mais ils ont disparu au cours de ces instants fatidiques, leur chambre est vide.

« Ils doivent être loin, et certainement rentrés chez eux », suppose Joe.

« Avec ce froid dehors ? » s'inquiète Neilia.

Le temps court si vite, un bout du présent peut s'en décrocher en un tour de main.

*

« Beau, quels mots vous viennent ? lui demande de nouveau le neurochirurgien. Comme d'habitude, sans réfléchir, quatre ou cinq, pas plus, sous forme de liste. »

« Fracas, secousse, sifflement, lumière, noir. »

Les virgules séparent ce que la mémoire de Beau a retenu d'un seul tenant.

Le semi-remorque fondit sur la Chevrolet comme s'il était aux aguets, avalant l'avant droit de leur voiture, broyant le moteur, sa mère et sa sœur.

Ils versèrent dans le fossé, et après plusieurs tonneaux la voiture se froissa un peu plus à chaque rebond.

Sa mémoire de la collision est pleine de bruits et d'éclats de métal. De lumière.

*

Dès le lendemain, *The News Journal* relata qu'un enfant était mort de froid aux abords de l'hôpital.

« Si la naissance de Beau devait avoir une couleur, ce serait l'ambre des poches de sérum, ce ne serait certainement pas cette neige qui m'a assommée ce matin-là », répétait souvent Neilia.

*

Avant de l'extraire de la voiture, il fallut dégager Beau de sa ceinture de sécurité et d'un amas de prospectus sous lequel il était enseveli.

La Chevrolet était encore pleine à craquer des tracts de la campagne que Joe venait de remporter. Au moment de la collision, la plupart ont empli l'habitacle, le reste a tournoyé et flotté dans le vent avant de répandre le sourire de Joe tout autour de la voiture où gisaient les siens.

La route sans grâce était recouverte de son visage rayonnant et de ses dents blanches, ses affiches jonchaient les mauvaises herbes de l'accotement, les bulletins de vote et son slogan s'étalaient à l'infini :

« Joe comprend le monde d'aujourd'hui. »

Cette flopée de prospectus, les hommes inspectant les abords ne savaient qu'en faire. Ils ne pouvaient pas les brûler. Ils les ont prélevés un par un avec une pince.

Joe en possède encore une dizaine de cartons. Il les a passés par le feu. À chaque poignée jetée dans les flammes, il s'est juré de renoncer au poste de sénateur.

Le papier couché brillant ne s'embrase pas facilement, le feu prend sur les bords puis s'éteint aux pourtours du visage. Ce sont les bulletins de vote, de papier simple, qui se consument le mieux.

Il ajoute du petit bois à cette flambée sans lendemain. Le brasier repart, mais cette poussée est de courte durée, elle libère une bouffée noire qui étouffe les flammes.

Ses yeux s'emplissent de larmes face à ce sourire qui n'en finit pas de résister au feu sur le papier glacé.

Les dents de Joe brillent toujours de mille feux à travers les braises.

*

La mort de Present n'avait d'abord laissé qu'une trace infime dans la mémoire de Joe, comme un léger clair-obscur au second plan d'un tableau, un accident de lumière.

Pour Joe, les heures de cette journée avaient d'abord été ce qu'elles devaient être, des heures de joie absolue : Beau était né et sa naissance avait ajouté à la plénitude de leur existence. Le malheur semblait se détourner d'eux. Ils ne manquaient de rien.

Neilia en éprouva de l'angoisse. Elle sentit que les jours ne pouvaient longtemps filer sans leur épargner une part d'ombre. Elle se donnait à l'ambition de Joe, à ses mille feux et aux vivats. Elle était comblée mais elle redoutait que l'enchantement ne se déchirât.

La veille de son accident, une prémonition lui vint, le pressentiment d'une épreuve : « Qu'est-ce qui va nous arriver ? Tout cela est trop beau. Tout cela va trop vite. »

Le malheur les prit au dépourvu. Un accident de lumière.

*

« Joe comprend le monde d'aujourd'hui. »

*

Après la mort de Neilia qui le laissa accablé, lorsque Joe se remémorait la naissance de Beau, la lumière se troublait et devenait plus pâle.

La neige réapparaissait,
les rues ensevelies,
le soleil à la peine sur l'horizon.

L'accident fut un retournement, un retour de temps : il le ramena à Anansi et à Present. Leur disparition prit dans la mémoire de Joe, comme une bouture.

La mort redoutée par tous, qu'on le veuille ou non, est une expérience.

*

Joe se décida finalement à entrer dans l'arène.

Il s'était pourtant promis de renoncer à Washington et de ne consacrer sa vie qu'à ses deux fils. Il fut dit qu'il se jetterait dans toutes les batailles.

Ce 5 janvier 1973, pour son investiture, Joe a voulu que tout se déroulât dans la chapelle de l'hôpital où ses enfants sont soignés.

Beau est indifférent à la solennité de l'instant ; ses doigts sont concentrés sur un wakouwa ; il le désarticule, les mains de la figurine s'agitent, la tête se démet. Joe jure sur la Bible de remplir fidèlement sa charge de sénateur du Delaware ; l'œil est vague, son bras aurait besoin d'une attelle pour rester droit. Beau regarde ailleurs et ne songe qu'à démantibuler son jouet. C'est ingénieux le principe du wakouwa, il se tord et se remet d'aplomb aussitôt.

Joe redresse le bras et prête serment.

*

Lorsque Beau mourrait, Present serait là ; lorsque Beau mourut, Present était encore là. Dans la mémoire de Joe, à chaque poussée de la tumeur. Il n'a jamais disparu. Avec la fin de Neilia, puis celle de son fils, Joe comprit qu'il était aussi du malheur.

10

Ici l'itinéraire commence

Retour à Washington
1969

Jim Dine,
Double Venus

Tu dois obtenir réparation, se disait-elle.

Avec la mort de Present, Anansi comprit que c'était là sa seule destinée.

La colère d'*Oiseau blessé* l'avait suivie. La calebasse la contenait. Elle éclaterait le moment venu, comme le ciel. Elle se briserait de nouveau en deux sur la tête de qui de droit.

*

Anansi revint à Washington et mûrit lentement son projet.

Elle trouva refuge dans une grande demeure désaffectée, à Jesup Park.

Sous les marquises disparues, cette maison offrait toutes sortes de renfoncements. Les châssis à guillotine s'écaillaient de ce vernis d'oubli que le vide cristallise lorsque la vie reflue. Mais ils se soulevaient peu, dissimulant derrière les lames de persiennes le faste d'un mobilier étouffant sous un gras de crasse. Sur les appuis de fenêtre, les pots de fleurs s'ensevelissaient d'ombre et semblaient des urnes espérant la cendre, happée par les draps qui se coulaient dans la pièce comme un banc de brume.

Tout un fatras crevait et se fanait du manque de lumière.

Cloués sur la porte d'entrée, un palonnier et deux roues d'un attelage antique tentaient de rendre cet espace infranchissable, comme pour empêcher le temps de pénétrer. Les rayons s'étaient brisés et descellés un à un. Deux d'entre eux tenaient encore le moyeu, mais mollement, tremblotant sous le vent, mimant une horloge prise de spasme, aux aiguilles malades. Les roues perdraient bientôt leur centre et ne seraient plus qu'un cercle rouillé et vide. Alors la fuite des heures reprendrait.

Anansi était revenue à Washington pour rechercher la pierre de cette ère reculée où le Potomac enfantait de pâles marécages, la première des quarante. Elle se mit en tête de les visiter toutes. La ville s'embraserait lorsqu'elle aurait atteint la quarantième. Elle contemplerait la belle flambée, comme les empereurs regardèrent brûler Rome. Les flammes s'élèveraient le jour où elle aurait achevé de tisser son fil d'une pierre à l'autre, car ce fil propagerait le feu tout autour de Federal City, et cet incendie prendrait sous les yeux du président des États-Unis.

Anansi chantait.

Je ne suis pas morte,
Je vais à l'autre bout du monde,
Des voix m'appellent, Inaya et Annan,
Present,
Il y a notre colère dans la calebasse,
Et le temps à filer,
Je marcherai sur le ciel,
Il éclatera !

Pour retrouver cette première pierre, Anansi traversa Washington de bout en bout, jusqu'au point où les eaux du Potomac s'éloignent de la ville pour retrouver le vaste Océan. Elle franchit le fleuve par le tablier fraîchement posé d'un pont titanesque en travaux. Au su des ouvriers ébahis, elle déambula dans la charpente métallique en se jouant du lacis des entretoises en acier.

Après la dernière pile du pont, la terre s'appelle Virginie.

Le pont serait bientôt inauguré, et baptisé du nom de ce Français qui s'était entiché de chiens dressés à dévorer les esclaves, Rochambeau. La mémoire oublieuse se souvient mal, non seulement qu'il tua, mais qu'il tua férocement. Honneur lui était rendu sur un pont entre deux rives.

Anansi, elle, n'était pas aveugle. Elle savait où elle allait.

Elle marcha sur la maigre trace crayeuse bordant le fleuve, l'œil braqué sur le courant, se moquant des fourrés de ronces qui paraissaient l'attendre pour piquer ses haillons comme s'ils filaient de l'étoupe.

Aux portes d'Alexandria, elle quitta la rive et s'enfonça dans la ville qu'ensoleillait le blanc cornouiller.

*

Anansi parvint à Market Square. À cette heure, les rues fleurissaient d'une nuée se pressant de bon matin dans une fausse insouciance. Les chalands arpentaient les allées et arrivaient toujours plus nombreux. Les ventres se débondaient mais les yeux étaient encore affamés de mangeaille. La foule furetait, les bonimenteurs aboyaient, les cous se tendaient au-dessus des étals, les nez flairaient, les regards s'abandonnaient comme si le dernier repas remontait à plusieurs jours. Des femmes se brûlaient la politesse devant une pile de côtelettes cristallisées de sel, elles lorgnaient une pièce de choix, une tranche d'oyster steak qu'une main couverte de sang vantait à une cliente. Des couteaux éclaboussés pendaient d'un râtelier. L'atmosphère était carnassière.

Dans la cohue, Anansi ne se faisait pas oublier. On feignait de l'ignorer dans un pas de côté, mais les yeux se plantaient obliquement sur elle en se tranquillisant de n'endurer pareille misère. Plusieurs la toisaient comme une soiffarde qui va vomissant. Tous n'étaient pas indifférents, la pensée de lui apporter quelques secours effleurait certains, mais l'embarras maintenait leurs doigts au fond de leur poche, verrouillés sur le quart de dollar qu'ils auraient pu tendre. De toute façon, elle ne demandait rien, cela les soulageait de leur demi-honte.

Anansi baragouinait, la tête rentrée dans les épaules.

« Je ne suis pas là, je ne suis pas dans votre présent, ne me regardez pas, oubliez-moi, faites vos affaires, mangez, buvez, je ne vous dérangerai pas, je ne vous prendrai rien, je ne suis qu'une ombre, voyez mes mains, mes bras, mes jambes, ils ne sont rien, du vide, pas de chair, pas d'os, comment vous ôteraient-ils quoi que ce soit, allez en paix, je suis inoffensive, je ne suis pas là, pas même une ombre, le vent me traverse, le soleil a fermé mes yeux, ne me craignez pas, je suis seulement de passage, et puis j'ai déjà eu mon repas, je suis rassasié, une toute petite portion, mais je suis repue, mon ventre ne peut pas beaucoup prendre, j'ai ingurgité plus que je n'aurais dû, mon ventre a mal, je ne mangerai plus avant longtemps, mais vous vous en moquez, vous pouvez continuer à faire bonne chère, je n'y toucherai pas, oubliez-moi, je suis invisible, je n'ai pas de vie, vous m'avez déjà enlevée, je suis seulement un fil, un fil qui passe au-dessus de vos têtes sans rien demander de plus que… »

Un marchand la heurta avec son diable, elle se tut. Un haricot noir épinglait son menton. Elle se carapata derrière un empilement de cageots gorgés de pastèques.

Rien ne manquait ce matin-là sur les pavés de Market Square. D'ordinaire, le carré était désert, pauvre de vie, un vide attestant que ce rien attendait de devenir un trop-plein, car dans cette attente, ce rien n'était absolument rien, hormis une fontaine en briques d'où l'eau ne rejaillissait que lorsqu'une main anonyme ouvrait les vannes pour le marché. Une place sans mémoire, où l'histoire se résumait au néant, au squelette d'une tuyauterie creuse, comme si la vie ne reprenait qu'une fois tous les sept jours pour s'éteindre jusqu'au samedi suivant.

L'oubli ? Oublier ce serait déjà reconnaître que quelque chose ait pu exister. Et là, nulle trace du passé, à moins que ne se célèbrent l'ignorance et le déni : autour d'une chaudronnée de pommes de terre, seul un présent périssable se boursouflait une fois par semaine, d'œufs, de miches de pain, de viande, de volailles en solde, de litres de babeurre, de piments en chapelet, de citrouilles obèses et de beignets de crabes. Et à l'intérieur de la ventrée s'égaraient un ramassis de tissus aux couleurs fatiguées ainsi que des bouquets de tournesols penchant leur cœur rouille dans des seaux, sous l'œil de têtes de veau fraîchement coupées semblant se rendormir dans un bâillement. Torpeur et voracité.

Rien ne manquait sur Market Square, sauf un peu de recueillement. Il faudrait suivre le regard des tournesols. Sous le pavé, des entrailles digéraient la férocité d'un âge obscur. Ici avaient marché en file des milliers d'esclaves, enchaînés par fournées depuis l'embouchure de Chesapeake. S'il est un lieu où jamais autant d'hommes n'avaient abordé fers aux pieds, c'était bien celui-ci.

Place aux affamés. Le hachoir tombait en rythme sur les plats-de-côtes. Le souvenir était englouti. La fureur demeurait, d'une autre nature, d'une violente indifférence, infligeant des coups non moins mortels à la mémoire. Peut-être qu'elle n'avait pas dit son dernier mot et qu'elle était aux aguets sous le sol piétiné.

Anansi aussi semblait embusquée tandis qu'un homme fendait une pastèque. Une giclée la fit fuir.

Elle traversa Market Square sans rien prendre. C'eût été pourtant facile. Elle aurait eu vite fait de se remplir les poches, ne serait-ce que des denrées impropres traînant dans les rigoles.

Mais elle n'était pas venue ici pour se ravitailler. Elle n'était que de passage, elle tissait son fil. Elle n'était plus très loin de son but. Un bon mile et elle y serait.

Elle se retourna sur une dinde en train de rôtir et harangua l'assistance.

Vous vous croyez innocents ! Aveugles, oui, et coupables ! Vous préférez vous empiffrer ! Goinfres !

Elle éructa.

Vous osez garder les yeux ouverts ! Coupables !

Après s'être étouffé une demi-seconde, le tumulte de la place reprit une octave plus haut et recouvrit l'offense. Autour de l'énergumène, des mâchoires se serrèrent, une gêne couvrit les regards. Elle s'adressa alors à la dinde qu'une braise ardente grésillait.

Maintenant le feu t'a rattrapée, il a toujours couru derrière toi, il ne t'a jamais lâchée d'une semelle, il a commencé à te saisir une patte, et le reste a suivi, il te poursuivait comme un lévrier. Il va comme le temps, il est endurant, et cruel, il t'a eue à l'usure, tu grilles sur une broche, tu finiras dans le ventre de l'enfer. La faim me revient ! Coupable ! Coupable ! Coupable !

Le rôtisseur de volaille perdit patience et leva sa pique. Elle s'enfuit. Des pétales de cornouiller neigeaient autour d'elle.

*

À la lisière d'Alexandria, elle effectua un crochet par le cimetière St. Mary. Elle le longea seulement, sans y pénétrer.

Elle s'arrêta quelques minutes au pied de la clôture envahie par les herbes folles et les coquelicots. Elle parut s'acquitter d'un devoir. Elle lança une poignée de terre. Auprès d'une tombe, un fossoyeur glaiseux époussetait le granit d'un angelot aux yeux vides.

Elle se remit en chemin et dépassa le grondement de Capital Beltway. Les moteurs se déchaînaient, le sol tremblait sous les arcades.

Elle atteignit le phare de Jones Point, planté au bout de la langue de terre s'étirant entre le fleuve et le cimetière, langue dévoreuse, au passé brûlant des feux de la tourelle à claire-voie hématite.

*

Ici, le silence est comme honteux. Sous la coupole pâle, la lanterne s'est consumée comme une chandelle, le temps a distillé une blancheur de cire sur la maison chétive en bois de pin qui ne se répare plus. La flamme du phare s'est éteinte à présent, elle a tant brillé pour montrer la direction à des navires pavoisés de l'au-delà de l'Océan après avoir levé des moissons humaines.

Ce phare était l'œil de la panse de l'insatiable Alexandria. Jadis ses salves métalliques se distinguaient dans les pires orages. Il n'ose plus s'allumer aujourd'hui, l'œil ne s'avise plus de s'ouvrir. La fiente des pluviers l'a lentement fermé d'une paupière nacrée. Des insectes orphelins du halo pélerinent sans fin. Mais la substance de ce lieu est une solitude sans visages ni lumière. Au ras du phare, un saule pleureur lisse le fleuve, sans écume ni vagues virulentes. Des bouées de balisage se cramponnent dans le courant. Tout semble parvenu à une étape ultime, sans rêve ni espoir. Les touffes d'ivraie s'affaissent, le bosquet des ormes alentour s'incline.

*

Anansi explora les berges du fleuve. Des anguilles, longues comme le bras, oscillaient et épaississaient le bord. Une anse couturée de hautes herbes se découvrit.

Elle fourragea dans les roseaux, leur quenouille s'enfla, des sauvagines s'envolèrent.

Elle avait trouvé ce qu'elle cherchait, porté par un morceau de terre surnageant au-dessus de l'étroit marécage.

L'aile d'une poule d'eau claqua dans l'air.

« Nous nous ferons payer de notre arriéré ! » lança-t-elle à une borne vermoulue qui avait tout d'une pierre tombale.

Des restes de lettres étaient gravés, illisibles. Elle frotta, un chiffre se montra au creux du granit miné. La brise flûta dans la panne émeraude se levant autour d'elle. Ses ongles crissèrent, le doux sifflement s'érailla et rida l'onde. Quelqu'un réclamait et pleurait ? C'étaient les cris d'un opossum délogé de son repaire.

Une barge fraya au large et envoya ses remous sur la borne : Anansi n'en fit aucun cas. Pas plus que de l'escouade de moustiques qui l'assaillait. Elle était seule sous le ciel avec la pierre, face à face, Elle et Sa pierre. La première des quarante. C'était son présent.

*

Cette borne n'avait rien de ces marbres dont le glacé brillant est voilé par une sorte de gelée blanche de deux siècles. Ce givre de perle ne s'obtient qu'à couvert des orages du monde : seul un palais protégeant jalousement ses secrets peut enfanter de belles usures. Cette borne était d'un granit criblé d'alvéoles par lesquelles l'eau s'insinuait et rongeait goutte par goutte ce qui paraissait ne jamais pouvoir se désagréger.

*

En ce point cardinal, Anansi sortit de sa poche une fleur défraîchie prélevée à la dérobée dans une allée de Market Place.

Elle l'effeuilla. C'était une rose. Des vents, un souffle vint, une voix se leva. Annan respirait de nouveau.

L'itinéraire d'Anansi pouvait commencer.

11

Ici l'itinéraire prend fin
Washington

Janvier 2021
(vers la Maison Blanche)

George Tames,
The Loneliest Job

À quelques heures de son but, Anansi arpente Lafayette Square. Avec ses débris récoltés au hasard, où l'indispensable côtoie l'insignifiant. Au bout d'une tige de tergal nouée dans les tringles du chariot, se balance la tête d'une rose artificielle. Les vents insensibles ont emporté le vif de ses couleurs.

« Où vas-tu, vieille femme, avec ces pétales qui s'éteignent un à un ? »

Ces paroles sont les siennes, elle les chantonne à chaque aube levée, en plongeant la pointe de son nez gelé dans ce calice sans parfum.

Pour tout bien, Anansi possède des rebuts que les rares poubelles lui ont procurés. Rares, car dans ce quartier cossu aux immeubles en pierre de taille, les restes des vies dorées ne sont pas laissés à la rue mais soigneusement recueillis par les vide-ordures creusés dans le secret des sous-sols.

À l'intérieur de son barda, s'entassent aussi sa calebasse et de vieilles choses dont se sont défaites des âmes charitables qui l'ont prise en pitié, l'espace d'un instant. Si elle devait les exposer, l'inventaire serait chiche, la providence s'est montrée pingre, et le peu qui lui a été donné se constitue de cochonneries valant trois fois rien : sous la rose et la calebasse, ce qui occupe le plus de place, c'est un bidon pour faire provision d'eau, ainsi qu'une collection de récipients, sonnant creux la plupart du temps, qu'elle accumule dans l'hypothèse où le sort les comblerait. Il est deux ou trois boîtes moins vides que les autres, des boîtes qui tintent et annoncent son arrivée en tout lieu. Dans le chaos des trottoirs, ces grelots résonnent de la ferraille qui s'arrache des voitures et s'éparpille : vis, rivets, boulons... présents dégottés sous le pas de ses pérégrinations. Elle ne recueille que ceux de la taille d'une pièce de monnaie. S'ils valaient quelque chose un jour... Il y a longtemps qu'elle ne tend plus la sébile.

« Sur le grand fleuve, il pleut de l'or », fredonne-t-elle lorsqu'un écrou se découvre sous ses pieds entortillés de hardes.

Il faut rendre justice à ces bénévoles des œuvres de bienfaisance qui lui ont longtemps fourni couvertures et vêtements hors d'usage, qui tombent en haillons en un rien de temps. C'était avant qu'elle ne les épouvante et qu'ils ne renoncent à l'approcher. Désormais, dès qu'un des leurs s'y risque, elle crie, elle hurle, elle menace avec une barre de fer. D'aucuns se sont fait étriller et mordre, disent plusieurs, preuves à l'appui, avec ce bras qui porte encore les stigmates des quelques dents qui lui restaient en ce temps où l'on tentait tout ce qui était possible pour ne pas la perdre de vue. Les bénévoles savent que les indigents sont déconcertants :

« Il ne faut en attendre ni respect ni reconnaissance », répète, averti, un meneur de maraude.

La calebasse et une bassine trônent au sommet du fouillis, en principe pour faire un brin de toilette, mais dès que la ville s'enfonce dans le froid glacial, il n'est plus question de se dévêtir, la cuvette n'a plus d'autre usage que de servir de berceau à un poupon joufflu, emmitouflé de vieux chiffons.

« Mon baigneur qui se meurt. »

Dans l'alvéole percée entre les lèvres décolorées du nourrisson, dépasse la peluche rongée d'un bouquet de cotons-tiges, qui servent un peu à tout.

Lorsqu'elle aperçoit un morceau de pneu, elle se précipite : elle brave le flot des voitures. Les nuits de grand froid, ces lambeaux peuvent la sauver. Quand ils s'embrasent, ils renferment une chaleur puante, mais salvatrice. Ces bienfaits offerts par la rue sont précieux, il ne faut pas les manquer s'ils se présentent. La voirie a tôt fait de les ramasser. Elle les cache jalousement à l'intérieur de son attirail, en les camouflant sous des feuilles de journaux. Elle se doit de tromper les autres mains envieuses, aussi nues que les siennes, nombreuses, trop nombreuses à chercher de quoi survivre à la rue. Mais le subterfuge du papier journal ne durerait pas bien longtemps si ces mains venaient à fureter la cage de son caddie. Heureusement pour elle, il y a longtemps que plus personne ne la tracasse et n'en vient par la force ou la ruse à lui dérober quoi que ce soit. Même les autres crève-la-faim ne convoitent plus le peu que cette pouacre possède, car à leurs yeux ce peu, c'est égal à rien. Elle peut donc aller tranquillement.

Sans que quiconque la remarque jamais, elle promène sa silhouette fripée comme les sacs en plastique suspendus autour de son caddie. Les roues gondolées la mènent de travers, elle est sans cesse à forcer pour se remettre droite, inlassable vagabonde. Les passants s'écartent.

« Ôtez-vous de mon chemin, bourriques ! »

Elle n'est pas commode. On l'a dit, les œuvres de bienfaisance se sont cassé les dents à lui venir en aide, et certains perdirent bien plus. Les derniers liens se sont rompus par une glaciale nuit de maraude où on lui a proposé de se séparer de son caddie, de partir pour on ne sait quelle destination, avec la promesse d'un lit et d'une douche dont elle n'avait que faire. Elle a commencé par tendre l'oreille, il était question d'une soupe chaude, puis il y eut ce gamin longiligne et dégingandé qui pensait agir de bon cœur et empoigna son caddie. Elle se mit en rage et planta ses mâchoires sur l'avant-bras du maigrelet. Tant elle s'enfonça dans sa chair qu'on calcula qu'il lui restait neuf dents, cinq en haut, quatre en bas. Pour le jeune homme, l'histoire ne s'arrête pas là : était-ce le froid polaire de cette nuit-là qui avait congelé sa cervelle ? Une fois qu'il fut revenu dans ses draps douillets, une violente fièvre le plongea dès le lendemain dans un quasi-coma de plusieurs jours. Il se réveilla seulement à l'heure même où il avait été mordu, en poussant des cris effroyables. Son bras était glacé, la peau avait viré au violet puis au noir, de ce noir révélant que gagne la gangrène. Il dut être amputé. On suspecta alors que le mal avait été transmis par la morsure. Il n'y a jamais loin une sorcière qui revêt la robe d'une goule.

« J'ai adoré sucer ton sang », avait-on entendu marmonner la démente après qu'elle eut piqué, s'enfuyant comme une araignée.

À partir de cet épisode, on la considéra en bête sauvage, de ces bêtes qui ne sont pas dangereuses à condition de s'en tenir éloigné. Les bénévoles passant, le fait s'émoussa dans les mémoires, et on retint seulement qu'elle était une méchante folle acariâtre et sans âge qui survivrait tant qu'on ne l'arracherait pas à sa solitude. Ses barreaux, sa cage, surtout ne pas l'en sortir, sinon elle mourrait. Et le caddie, gare à celui qui poserait encore la main dessus.

On distingue difficilement sa peau sous les épaisseurs de bonnets qui font pyramide sur son crâne pelé.

« C'est la vieille à la calebasse », préfère-t-on dire à distance sans être certain qu'une femme séjourne sous le paletot qui tient sur elle par la grâce d'épingles à nourrice. Elle ne s'en défait jamais : pour Anansi, les mois de l'année se ressemblent. Été comme hiver, elle reste vêtue comme s'il faisait toujours grand froid.

*

L'avant-veille de l'investiture de Joe, ce que le flâneur matineux peut croiser à Lafayette Square, ce n'est pas une vieille femme, mais une boule de poils, des brins. Au soleil délivré de la feuillée, ils font un nœud de soie aux reflets jaune brun. Mais quand l'ombre de l'hiver revient, c'est une créature noire et velue, rampante, dépliant lentement ses membres, traversant la pelouse jusqu'à Pennsylvania Avenue.

Pour qui l'aperçoit, alors qu'elle se faufile au loin, une sensation vient aux chevilles, comme si son onde tourbillonnait entre les pieds. Elle est farceuse, courant devant des passants choisis au hasard et se plantant devant eux. Ils l'évitent bon gré mal gré, mais plus ils s'esquivent, plus elle s'acharne et les poursuit sur plusieurs mètres. Retentit alors un juron de sa composition, le plus courant étant « cul-blanc de Dieu ». Elle s'accroupit ensuite à l'entrée du square et pose devant elle une calebasse qu'elle cognera comme une sourde au passage des promeneurs dont la tête ne lui revient pas. Avec les indifférents, elle sera menaçante : « Je m'en viendrai un jour prendre vos œufs, Je les goberai sous vos yeux, ce sera délicieux. »

*

Les habitués de Lafayette Square ne s'offusquent plus. Ils l'ignorent, eux-mêmes pris parfois dans des regrets dont leur présent peine à se sortir.

Ces personnages sont de différentes espèces.

Comme ce réceptionniste du Hay-Adams : son présent à lui, c'est d'être enfermé à répondre au téléphone dans une pièce aveugle à cause du bec-de-lièvre rayant son visage, disgrâce qui le condamne à être éternellement éconduit par les femmes qu'il convoite. Toujours tiré à quatre épingles, il aspire à recevoir des clients mais il les hait. Il s'éclipse au jardin pour réécouter le baiser de Tosca.

Comme cette femme aux cheveux criblés de gris qui surveille les visiteurs sortant de la Renwick Gallery à sa fermeture, à 17 heures. Elle arrive chaque jour de Shady

Grove par la Red Line pour retrouver l'âme de son époux. Depuis dix ans, elle reprend ce qu'il n'a pu achever, ce chemin qui aurait dû le conduire à la galerie ce jour de juin 2009, s'il n'avait péri dans la collision de deux trains survenue entre Takoma et Fort Totten, à 17 heures.

Il y a aussi ce jardinier, Bec rieur, œuvrant à l'entretien de Farragut Square, à deux blocs de là. À l'aube, il rumine avant de s'y rendre, rêvant d'une affectation au Lafayette Square, le jardin du saint des saints, celui de la Maison Blanche. On lui a refusé cet emploi par dix fois, c'est un natif, de la tribu des Rappahannock, il est convaincu qu'on lui reproche cette tache… Et surtout une autre : ces écureuils qu'on l'a surpris à piéger au temps où il tirait le diable par la queue. Il a eu beau expliquer que ses ancêtres les dégustaient en ragoût bien avant que les siens prennent possession de cette terre, que la saveur de ces petites bêtes est équivalente à celle du lapin, on lui fait encore payer cette coutume de sauvage. « Ce goût, on te le fera passer », s'était-il entendu répondre.

Il y a cet hurluberlu, pâle comme un linge qui a pour projet de maintenir cette liste des quatre-vingt-treize oiseaux, établie de la main même de Theodore Roosevelt. C'est son présent, jour après jour. Aujourd'hui, il interroge l'homme Rappahannock : n'a-t-il jamais vu le couple d'épervier dont Theodore disait avec fierté qu'il dévorait des moineaux anglais ? « Crois-tu que le sang anglais a un goût ? », s'est-il entendu répondre.

Il y a cet adolescent qui attend sagement que sa mère le rejoigne. Elle sortira d'ici peu de la Maison Blanche où elle occupe un emploi d'assistante auprès d'un conseiller chenu charitablement maintenu aux effectifs depuis plusieurs présidences, s'échinant à faire vivre un comité d'histoire dont personne n'a que faire et qui disparaîtra le jour où il quittera ces bureaux. Cette mère a trouvé une psychologue à son fils dont le divan est à deux pas du square. Le gamin consulte une fois par semaine. Ce présent revient le mercredi, depuis le jour où il est rentré avec le chien qui sentait la cigarette sur son flanc gauche. Le flair de sa mère est hors norme. Comment a-t-elle pu détecter l'odeur de tabac sur une seule moitié de l'animal ? Le garçon repose sans cesse la même question à sa psychologue. Comment se défaire de cet odorat surpuissant ?

Il y a cet abonné du *Evening Post*, qui s'en vient feuilleter son dernier numéro en engloutissant des donuts, toujours assis sur un banc face à l'une des deux pièces d'eau. Si la place n'est pas libre, il repart après avoir effectué un tour du jardin. D'où est-il, celui-là ? On ne sait, il est moins assidu que les autres, personne n'a jamais réussi à lui soutirer une parole. Après sa lecture, il sort une paire de ciseaux et découpe son exemplaire en de minuscules bouts de papier de la taille de confettis. Il se garde bien de les jeter dans une des poubelles du square. Parfois il les disperse par poignées au bord du bassin, à des carpes imaginaires.

Il y a cet homme à l'allure patricienne, au port de tête hautain, vêtu d'un costume Brooks Brothers, chaussé d'Allen Edmonds, venant d'une maison victorienne coincée entre deux ambassades de Massachussetts Events Alley. Rentier fat, solitaire et désœuvré, il vient par habitude faire son curieux sous les fenêtres des puissants, à l'affût de ce qui pourrait se dévoiler derrière les rideaux immobiles, trois doigts coincés à l'intérieur du gousset de son gilet. Et il songe à son présent, le chapon croustillant du dîner. Chez Tabard, il s'attable immuablement chaque mercredi soir, pour le salmis de sarcelle ou de coq, prélève un dixième, toujours le sot-l'y-laisse qui pourrait amplement le contenter, et quelques lambeaux de chairs succulentes des blancs ou de la cuisse, c'est selon. Les ailes, il s'en détourne dédaigneusement.

Et puis il y a cet homme-là, quadragénaire aux yeux bleus et froids, agent public au département du Trésor, posant un regard désenchanté sur tout et sur rien : il est de l'Église épiscopalienne, il cherche justement matière à réenchanter le temps et le monde, moins par la prière que par les jeux d'orgue et les cantiques, qui lui rendent un peu de la grâce du mystère que lui ôte la sèche exactitude des chiffres. Car ses journées de travail se passent à manipuler les grands nombres : il est de ce peuple infini de petites mains qui s'agitent dans les hectares de bureaux, plongées dans le léviathan implacable des comptes de la nation. Une fois par semaine, le mercredi, si sa charge le lui permet, il se rend au service religieux de St. John's Church. En traversant le square, il relève systématiquement la présence du caddie au coin nord de la clôture dressée autour du mémorial d'Andrew Jackson. La vieille femme est accroupie plus loin, au pied du socle de marbre. Elle est venue pisser trois gouttes entre les roues d'une des pièces d'artillerie en sommeil sous le poitrail du bronze en majesté. Le préposé descend toujours à la même heure, et toujours il la trouve dans cette position, recroquevillée sur ses membres, si ramassée que sa présence est presque indécelable à l'œil nu. « Nous ne sommes que de passage, entre la nuit et le jour… », chantonne-t-elle en traversant l'herbe crue.

Et tandis qu'elle se déleste d'une poignée de graines puisées au fond de son paletot, il se prend à imaginer qu'elle attend un prodige. *Que peut-elle espérer ?* se demande-t-il. Des oiseaux au bec aiguisé comme des poignards piquent la terre derrière elle. Ils se régalent de sa provende, se moquant bien des espérances de cet épouvantail. Il est peu probable que fleurisse quoi que ce soit entre les rares têtes de marguerites qui survivent dans cette herbe coupée à ras. Que la Nature ne peut-elle laisser germer ces graines ? Cette scène apitoie l'agent du Trésor. Les cantiques de St. John's Church poussent sa compassion. Il s'évade des dédales de chiffres. Dieu sait s'il les fréquente, c'est un expert des dons de charité, un des rares à posséder la lumière dans les méandres de la cinquantaine de milliards brassés dans ces comptes où la clocharde n'y représente pas même la queue d'une virgule, dans une décimale à l'infini de la racine.

Tous ces habitués de Lafayette Square ne soupçonnent pas que, d'ici peu, celle qu'ils ignorent sera cette femme surgissant d'un peuplier noir, sous le regard de l'homme qui s'apprête à monter les marches de l'investiture suprême.

*

Elle s'est d'abord coulée dans un trait sinuant depuis Lafayette Square ; puis son ombre s'est épaissie à hauteur du Willard Hotel, traversant ensuite la pelouse du National Mall jonchée de deux cent mille bannières, comme une lame de fond se forme au large. Sans que personne la repère sous la mer de drapeaux.

Seul Joe l'a d'abord vue. Il n'en a rien dit tout le long de Pennsylvania Avenue.

Avant que les militaires ne l'aperçoivent à leur tour lorsque le cortège atteint le Capitole.

*

Ils se jetèrent sur la silhouette noire, tandis que les officiers de sécurité faisaient aussitôt rempart autour de Cadillac One.

Un hurlement perça le vitrage de « La Bête ».

Des voix grondèrent.

L'ombre poussa des cris de possédée.

« Anansi, Anansi, Anansi », hurlait-elle.

Elle tendit une calebasse.

Les veines de ses mains se divisaient. Le fond s'ouvrit comme un œil, un crabe bleu déplia ses pattes. Elle prononça des mots qu'il fut le seul à entendre.

Les yeux d'Anansi te recouvriraient d'une ombre plus douce.

*

Des valises bouclier se déploient sur le toit de la voiture blindée, comme si le ciel était sur le point de s'effondrer.

Joe ne ressent aucune peur. Il connaît cette femme. Il l'attendait. Il se rappelle ces yeux ambre qu'il n'a rencontrés qu'une unique fois au cours de son existence.

Cette femme, c'est l'étincelle qu'il désire. Et ses paroles aussi.

Il ouvre la porte et met toutes ses forces à relever les panneaux tendus au-dessus de lui. Il contrevient à une règle essentielle exigeant qu'en pareil cas il doive s'en remettre à ceux qui ont la responsabilité de le protéger. S'il refuse de se plier à ce protocole, les hommes ont pour ordre absolu de passer outre ses protestations et de l'éloigner coûte que coûte.

Mais un autre incident se produit, qui pourrait bien être une catastrophe.

*

Une déflagration a éclaté au niveau de l'aile ouest.

Près de trois kilomètres les séparent de la Maison Blanche, mais les estrades dressées devant le Capitole ont pourtant tremblé et le souffle a couché les deux cent mille drapeaux.

Là-bas, les colonnes palladiennes semblent fuser en flamme dans le ciel. Au même instant se lève l'ovale d'une lueur géante qui embrase le bâtiment où Joe doit prendre place dès le soir même derrière Resolute Desk.

Le fracas de la détonation est si étourdissant que l'attention de tous est suspendue l'espace d'un éclair : aucun ne prend garde aux deux mains sèches et griffues qui s'affranchissent des protections et fondent sur Joe.

« Approche à présent, que je te conte les aventures d'une reine. »

Une sorte de globe glisse dans la paume de Joe. Des ongles noirs se plantent près de son cœur.

Ces doigts voudraient-ils le lui arracher et y déposer cette chose ronde ?

*

« M'arracher le cœur… »

Le jour où le crabe bleu a eu raison de la vie de Beau, Joe se souvient que sa douleur avait ces mots.

Le chagrin s'était fixé sur son cœur, laissant entrer en lui un peu de la mort.

L'implacable de la perte : l'absence retranche aussi une part de vie à ceux qui restent.

*

« M'arracher le cœur… »

Le jour où Beau est mort, la douleur a repris place. Plus vaste encore qu'autrefois, lors de l'accident de Neilia.

Joe est entré en désespoir. C'est un feu à l'intérieur d'une muraille, il dévore toute joie.

La marche vers la Maison Blanche a été un chemin pour sortir de cette forteresse de solitude. Avant de mourir, Beau lui a fait promettre de le prendre. Cette maison aura été une issue sur la voie du deuil.

Aujourd'hui, les marches l'attendent.

*

Quelques secondes encore et les ongles auraient percé le pardessus jusqu'au cœur si la Sécurité n'avait repris le contrôle. Mais, une fois passée la sidération de l'explosion, la vieille femme et l'éclat de ses yeux ambre disparaissent sous les costumes sombres.

Joe se retrouve instantanément à l'intérieur de « La Bête », comme s'il n'en était jamais sorti.

A-t-il été le jouet d'une illusion ?

Et comme si rien n'était survenu, les hommes affectent le calme des vieilles troupes.

Il se retourne, les seuls nuages qui font la ronde au-dessus de la Maison Blanche sont ceux d'un ciel d'hiver, aussi froids que ceux du jour de la naissance de Beau.

Il tient cette chose ronde dans la main. Personne ne semble l'avoir remarquée, ni Jill ni les hommes de la Sécurité.

Il reste encore un peu de temps avant de descendre de Cadillac One et monter la volée de marches accédant à la tribune de l'investiture. La fin de l'attente est proche.

Jill et Joe échangent quelques mots.

Elle parle de réparation : on lui a rapporté que le stuc se fend sur les colonnes de la galerie menant au Bureau ovale.

Jill se demande si la Maison Blanche n'est pas hantée : dans les étages, on prétend que la charpente grince, que les magnolias plantés aux quatre coins de la roseraie ont noirci, que des miroirs se craquellent sans cause aucune.

« Cette maison est comme une grosse bête qui vit et remue », s'amuse-t-elle.

À moins qu'une sorcière n'en tourmente la quiétude.

*

Le temps : les pages blanches doivent se tourner, il reste encore des mots.

Silence,

Silence,

Silence,

Joe se répète une dernière fois les mots qu'il s'apprête à prononcer.

En cet instant, plus d'une larme l'envahissent.

Dans ce présent, il pense à Beau, à son cancer. Il songe à ses fantômes.

Le moment de se séparer d'eux approche.

Étrange moment… Nul autre que lui-même ne peut monter les ultimes marches, franchir ce seuil, comme s'il était dans la solitude de sa propre mort. Les édiles font foule au pied de la tribune, mais lorsqu'il se détachera d'eux, sous son manteau noir, il sera aussi seul qu'à l'heure du trépas.

Un corps immortel ne se languit-il pas d'être investi derrière le pupitre ? Le corps du roi patiente là-haut. Joe doit renoncer au sien pour le rejoindre.

*

La chose ronde roule d'une main à l'autre. Il ne la regarde pas. Seule sa peau la ressent.

Il se sent pâlir à vue d'œil. Son sang se glace. *Je ne mourrai pas*, se dit-il. Quels commencements l'attendent ?

Les pierres blanches ont cessé de tonner au loin. Et si la première des sagesses était de s'en délivrer ? Les rendre aux absents.

Se séparer de cette maison. Laisser les mémoires l'investir.

Restituer ces murs aux existences refusées. Ce serait peu. La créance est immense.

*

Martial, l'homme du protocole se penche sur la vitre. Joe demande une minute encore.

Il se frotte les yeux, il les laisse enfin aller sur cette chose ronde. Elle semble n'exister que pour lui. Elle est comme une pierre, mais aussi douce et tiède qu'une peau.

Ses mains deviennent noires, la calebasse se divise, au fond le crabe bleu. En tombent des pages remplies de mots.

*

Le temps : elle est venue, ses paroles ont dû l'atteindre.

*

Joe se résout à sortir de « La Bête ».

Alors qu'il gravit les marches, une bourrasque passe sur National Mall et arrache les deux cent mille drapeaux en les éparpillant dans le ciel comme une volée d'oiseau.

Des milliers de visages se lèvent, tous les mêmes, des enfants, celui d'Annan, celui de Present, celui du temps, d'Eux, et leurs bouches crient : « Anansi, Anansi, Anansi. »

Sur le pupitre, le feuillet du discours s'envole. Au loin, un voile bleu retombe sur la Maison Blanche.

*

Le temps : Joe, il te reste tant à accomplir. File comme l'araignée.

*

À qui sont ces mots ? Sorcière, qui es-tu ?

Qui suis-je ?

Je suis celle qui a écrit ces pages avec la terre,
Je les ai déposées à l'intérieur d'une calebasse,
Je suis les quarante pierres,
J'ai tissé un fil entre elles,
Une toile bleue s'est tendue,
Des constellations m'ont montré le chemin autant qu'elles [m'inspiraient.
Aucune ne ressemblait à une autre.
Elles sont des visages qui parlent,
Leurs voix se superposent,
Ces pierres blanches sont reliées au cœur de la nuit et aux [étoiles immuables.
Elles constituent ma table, et mes matières.
Je suis faite de deux moitiés, traversée par un milieu.
Je suis remplie d'une encre noire,
Je suis la peau.

Je suis le commencement de l'histoire
Je suis la douleur

Je suis une narratrice
Je suis les arpenteurs
Je suis la première carte
Je suis l'Histoire

Je suis les histoires
Je suis le temps
Je suis une plume
Je suis une déclaration
Je suis une chaîne

Sous une pierre une vieille femme parle,
Je suis des maisons de boue
Je suis des maisons blanches
Je suis le rebâb
Je suis le bois d'afzélia
Je suis l'atenteben
Je suis l'accacia
Je suis des jours de larmes et de marche
Je suis les toiles d'araignées sempiternelles
Je suis les crabes bleus

Je suis le passage du milieu
Dans l'Océan, il y a les fils d'Anansi
Je suis les existences qui passent
Je suis l'histoire qui se transforme

Je suis le temps tournant sur lui-même, volte
Je suis le recommencement de l'histoire
Je suis des lettres qui montent et redescendent de la [montagne
Je suis A-N-N-A-N
Je suis son froid
Je suis son mal
Je suis le lac Volta
Je suis ses nattes de roseau
Je suis l'air
Je suis l'eau
Je suis le sel

Je suis une terre lointaine
Je suis la lumière
Je suis l'iroko
Je suis *Mami Wata*
Je suis la rame

Je suis un nom chuchoté à la surface de l'eau
Au milieu et partout

Je suis un trou de mémoire
Je suis un don perdu
Je suis les vingt mille enfants du lac Volta
Je suis un oubli
Je suis l'oubli
Je suis Present
Je suis la main du grand esprit ojibwé
Je suis les Finger Lakes
Je suis deux truites arc-en-ciel
Je suis le doigt d'Hemlock Lake
Je suis le doigt de Skaneateles Lake
Je suis une *assassine*
Je suis une photo
Je suis la distance
Je suis un assassinat
Je suis le pasteur qui meurt
Je suis un rêve qui meurt
Je suis ailleurs
Je suis d'autres rêves
Je suis une ville blanche
Je suis le temps qui arrondit le ventre
Je suis le temps qui s'accélère
Je suis le vertige
Je suis la glace qui craque
Je suis l'accouchement
Je suis un cri

Et ?

Sous les pierres, les temps se superposent
Je suis entre toutes ces lignes.

Je suis les yeux couleur d'ambre
Je suis un lit vide
Je suis une naissance

Je suis le temps aveugle
Je suis le temps neutre
Je suis le temps sans morale

Je suis la mort dans le désordre
Je suis la forteresse de solitude
Je suis près de l'hippocampe
Je suis des hallucinations
Je suis une forteresse blanche

Sous la pierre, il y a Annan,

Je suis une orpheline
Je suis de deux couleurs
Je suis des chats égorgés
Je suis les touches du piano, noires et blanches
Je suis Resurrection City
Je suis une marche
Je suis…

Je suis une déchirure
Je suis l'autre moitié de moi
Je suis des revenants
Je suis un arrachement

Je ne suis plus

Anansi et moi ne sommes plus qu'une,
Une nature étrange
Je porte enfin le noir,
sous la tente du témoignage,
nous sommes des voix disparues,
le temps rendu visible,
un crime.

Je suis des milliers de visages, celui d'Annan, et leurs bouches

Je suis la femme araignée
Je suis Sagesse
Je suis le commencement et la fin de l'histoire
Je suis un premier fil, un deuxième, puis un troisième…
Je suis le kenté
Je suis la mémoire

Joe, tu es le roi, je suis la reine,
Je t'arrache ton cœur,
Je te le rends,
Je suis Livre, Je suis un sac d'étoiles,

J'ai essayé d'écrire ce qui n'existe pas,
moi, la mère du présent, sorcière et reine, oiseau blessé,
Ce qui serait vrai et ce qui le fut,
Pour toi qui me liras peut-être,
Des mémoires de maisons blanches.

Remerciements

Toute ma gratitude à Céline Thoulouze : grâce à elle, le conte est advenu, Anansi a pris forme.

Ma reconnaissance également à la belle équipe des Éditions Plon qui œuvre pour les livres : Charlotte, Delphine, Grégory, Grégoire, Pauline, Marie-Laure, Céline, Emma, Vanessa et bien d'autres !

Je remercie celles et ceux qui m'ont entouré de leur bienveillance pendant que mes yeux se fermaient.

Je remercie la tourterelle qui chante encore sous la fenêtre de mon père, et la grenouille toujours à rire même si la mare est à sec, et le promeneur de Bois-séjour sur le chemin de Varennes.

Et je pense :

à l'enfant de Banksy, frère d'Annan,

à la mémoire de René, qui saigne au bord de l'Océan,

à Mahaska et aux doigts des Finger Lakes sur Nuage Blanc,

aux mains de Louise, enchevêtrées comme les histoires entre elles, à ma rose,

à Nina, Blackbird, Oiseau blessé,

et aussi :

aux deux têtes de Frida, pour le seul corps d'Anansi et d'Inaya,

à l'araignée bleue, qui se niche dans le temps,

à Stuart, et son portrait de l'ombre,

aux crânes d'Andy et leurs couleurs mortelles,

à l'arbre de Georgia, renversé comme ces mémoires,

à la double Venus de Jim, l'autre moitié pour porter le noir,

et, enfin, à l'homme de dos, seul dans la Maison Blanche.

Pour en savoir plus
sur les Éditions Plon
(catalogue, auteurs, vidéos, actualités...),
vous pouvez consulter
www.plon.fr
www.lisez.com
et nous suivre sur les réseaux sociaux

Editions Plon

@EditionsPlon

@editionsplon

#lisez engagé !
www.lisez.com
Pour plus d'information :
Imprimé sur du papier issu de forêts gérées durablement.

CET OUVRAGE A ÉTÉ ACHEVÉ D'IMPRIMER SUR ROTO-PAGE
PAR L'IMPRIMERIE FLOCH À MAYENNE EN NOVEMBRE 2022

N° d'impression : 101521
Imprimé en France